坚定——一个外国人的武汉日记

[黎巴嫩] 阿德汉·赛义德 著

李 昕 李翼生 译

图书在版编目（CIP）数据

坚定：一个外国人的武汉日记／（黎巴嫩）阿德汉·赛义德著；李昕，李翼生译．--北京：当代世界出版社，2020．11
 ISBN 978-7-5090-1352-6

Ⅰ．①坚… Ⅱ．①阿… ②李… ③李… Ⅲ．①日记-作品集-黎巴嫩-现代 Ⅳ．①I378．65

中国版本图书馆CIP数据核字（2020）第207381号

书　　名：	坚定：一个外国人的武汉日记
出版发行：	当代世界出版社
地　　址：	北京市地安门东大街70-9号
邮　　编：	100009
邮　　箱：	ddsjchubanshe@163.com
编务电话：	(010) 83907332
发行电话：	(010) 83908410（传真）
	13601274970
	18611107149
	13521909533
经　　销：	新华书店
印　　刷：	北京中科印刷有限公司
开　　本：	710毫米×960毫米　1/16
印　　张：	19
字　　数：	179千字
版　　次：	2020年11月第1版
印　　次：	2020年11月第1次
书　　号：	ISBN 978-7-5090-1352-6
定　　价：	59.00元

如发现印装质量问题，请与承印厂联系调换。
版权所有，翻印必究；未经许可，不得转载！

谨以此书献给：

新冠肺炎疫情的所有受害者，

受到新冠病毒和种族主义病毒影响的每个人，

每一位真相的守护者，

全体武汉人民和世界上所有坚持与之斗争的人民。

前 言 Preface

本书写作的缘起，来自一位朋友的鼓励。她建议我把自己在武汉隔离的经历记录下来，她说："阿德汉，如果我们自己不把这段历史写下来，我们的敌人就会去写。"她确实抓住了我的软肋。我当初决定不离开武汉，就是为了向外界传达新冠肺炎疫情期间这座城市所发生的故事。因此，有必要将我在接受各路媒体采访时表达的观点和我脸书主页上发表的内容详细记录下来，从而为大家还原一个疫情期间真实的武汉。

本书呈现了我从2019年12月31日到2020年3月30日，即从武汉首次报告不明原因肺炎病例，到结束居家隔离这段时期的所见所闻所思。书中，我将以叙事和议论相结合的方式向读者介绍我这68天来的居家隔离体验。我一直喜欢按时间顺序来讲故事，而不是频繁地倒叙和插叙，因为这样有助于澄清某些关键问题，尤其是政治问题。

尽管本书试图涵盖整个武汉封城期间，但这段时间发生了太多故事，我将选择其中最重要的故事进行讲述。

本书摘录了我隔离期间在脸书主页上发布的有关帖文和数据。为了留住这些帖文和数据的"灵魂"，我没有对其进行任何更改，读者可以根据书中的数据追踪武汉控制疫情的全过程。

在此，我想感谢所有为本书作出贡献的人，感谢所有在隔离期间陪伴我的同志和朋友们（包括线上和线下），感谢我的家人们，感谢本书中提到的所有人，感谢所有支持和鼓励过我的人，尤其是杜哈·夏姆斯和梅，你们是我写作本书的动力。

目 录 Preface

序　曲　/ 1

第一章　风暴之前

　　1月22日晚上是我来中国后经历的最漫长的一晚。晚上六点，我离开图书馆。这时，我看到图书馆保安带着很多消毒工具来到五楼我常学习的地方。我承认我有点震惊。我之前就已听说有种病毒已经在城市的某些社区传播。像以前一样，我们一开始还插科打诨，互相调侃。但当有人打听到小道消息，说武汉可能会封城，我第一次感受到害怕。因为这意味着事情确实变得十分严重。

鼠年　/ 5

平静如常　/ 7

汉口：非典还是流感？　/ 9

阿德汉，立即离开武汉！　/ 13

跨年夜的聊天记录　/ 16

我还在这个星球上吗？　/ 19

千问之夜　/ 21

回到宝藏　/ 26

第二章　世纪封城

　　我突然感到血脉偾张，这是一种难以形容的感觉，我想大声喊叫。人们在隔离房屋的门廊中互相鼓励。有了声音，人们感到像是在见面。这对人类来说是一个庄严的景象，他们意识到，自己和国家处于极大的困境中，但是远方正在伸出援手。他们曾经对彼此，对他们受难的城市，以及对他们的国家说过：只要我们所有人团结一致，我们就不孤单。

留在你现在的地方　/ 31

无意中的收获　/ 35

我的校园生活　/ 39

惊叫——1月24日　/ 42

我的父亲　/ 45

激浊扬清　/ 50

特朗普：我们赞赏中国的透明度　/ 53

备战　/ 57

战斗中的阿拉伯之声　/ 58

希望曲线　/ 60

钟南山　/ 64

我们需要知道的事　/ 67

问题和解答　/ 69

疫苗出现了？　/ 73

我不会离开武汉　/ 75

使馆与外交部的会议　/ 78

第五天　/ 82

武汉加油！　/ 85

"疫情是魔鬼"　/ 88

目录

黎巴嫩的危机　/ 90

武汉街头（一）　/ 94

武汉街头（二）　/ 99

无畏的志愿者　/ 101

国际关注的突发公共卫生事件　/ 104

第三章　真相与谎言

我们正在挑战一个未知而猛烈的流行病。我们还正面临着比新冠病毒本身更危险的谣言病毒。谣言病毒传播迅速，足以给人民造成恐慌。我们不害怕谣言病毒，你见过一个害怕战争的战士吗？在经典战争中，最困难的是心理战和媒体战。今天，谣言病毒正在通过误导和散布恐慌向我们发动一场心理战和媒体战。

阴谋论（一）　/ 109

阴谋论（二）　/ 116

这是新冠肺炎症状吗？　/ 119

从黎巴嫩到武汉　/ 122

撤侨　/ 124

幽灵之城？　/ 128

再回宝藏　/ 132

武汉街头（三）　/ 135

火神与雷神　/ 137

春季请愿　/ 142

双标超级英雄　/ 147

假新闻　/ 153

隔离的第二阶段　/ 156

希望就在前方！　/ 158

起落　/ 161

2020年2月7日数据　/ 163

"恐惧将军"——COVID-19　/ 165

第四章　曙光初现

　　最初，我并不期望能在这场战争中发挥多大影响力。但是，由于身处疫情最初暴发的中心地区，我通过脸书进行了多次直播，我的粉丝数每天都在迅速增加，很多人将我视为了解新冠肺炎疫情的第一站，认为我是有关信息的可靠来源。我真的很高兴，因为我像士兵一样履行了职责。我不起眼的贡献帮助挽救了许多生命。

转折点　/ 169

刚毅美丽的武汉：2020年2月17日数据　/ 171

新的开始：2020年2月18日数据　/ 173

胜利的承诺：2020年2月19日数据　/ 175

你为什么不离开武汉　/ 177

西方"自由"的代价　/ 180

疫情波及黎巴嫩　/ 186

不要惊慌：2020年2月26日数据　/ 188

玛哈又来了　/ 191

没有不可能：2020年3月2日数据　/ 197

希望和爱的勋章　/ 200

"亚洲病夫"　/ 205

目 录

第五章　春暖花开

过去，我不希望任何城市和国家发生像武汉这样的情况。现在，我希望每个暴发新冠肺炎疫情的国家都能从如何控制疫情的角度了解武汉所发生的一切。武汉仍然处于完全封闭的状态，直到今天我们还是不能离开家，但每个人都决心坚持下去。没有责任感、战斗力、毅力和耐心，胜利怎么会实现？同志们，这真的是奇迹啊！

相信武汉终会胜利：2020 年 3 月 6 日数据　/ 211
"中国病毒"　/ 213
从"查士丁尼瘟疫"到新冠：
　　拒绝种族主义　/ 218
"我的母亲病了"　/ 221
首次低于 50 例：2020 年 3 月 7 日数据　/ 225
军运会　/ 227
儿子会在父亲之前出生吗？　/ 230
首次低于 20 例：2020 年 3 月 9 日数据　/ 233
革命胡须　/ 235
武汉仅新增 5 例：2020 年 3 月 11 日数据　/ 238
只有医生，没有炸弹　/ 240
"人类健康共同体"　/ 243
"是时候承认了"　/ 246
100 块让你起死回生！　/ 249

第六章　中国为什么能赢

抗疫成功如果有秘诀的话，一方面就是人民对实现胜利目标的坚持和毅力，另一方面就是中国共产党在抗击疫情中的缜密计划和坚强领导。因此，中国激发出所有潜力，经过激烈的战斗，终于实现了自己的目标。这是新中国诞生后遇到的无数阵痛之一。疫情后的中国将更加团结、更加坚韧、在国际上更具战斗力。

为什么中国的死亡人数相对较少？ / 257

零：2020 年 3 月 18 日数据 / 261

母亲 / 262

秘诀是什么？ / 264

以人为本 / 275

经济至上 / 279

我们可以大声说，我们坚持下来了！ / 283

武汉的春天来了 / 288

序　曲

　　这是一段艰难的岁月，就连记录这段岁月也变得艰难。

　　4月8日，武汉进入了全新的一天。现在是4月11日午夜3时28分，也是这座城市正式重新开放后的第四天。自从新年伊始，也就是四个月前，生活开始举步维艰。我曾十分犹豫，是否要写文章记录这一特殊时期，即便开始写，我也不知道自己是否会一直坚持到最后，还是会在动笔几行后就停下来。

　　我犹豫，是因为记录武汉隔离的岁月是一项非常庞大而复杂的任务。可能当我完稿时，武汉的抗疫斗争还没有结束，可能好长一段时间内也不会结束。因此，记录这段岁月可能会带来很多风险。但是，作为身在武汉的亲历者，记录下这段特殊的岁月难道不是应该的吗？生活本就充满风险，留在武汉本身就是一个有着巨大风险的决定。

　　2015年夏天，我离开我的祖国黎巴嫩，毅然决然地来到这座我甚至不知道如何发音的城市，开始我的博士研究生生涯。如今，在疫情肆虐下，世界上大多数人学会了"武汉"的正确发音。世界有必要了解这座城市的真实面貌。

　　此时此刻，静谧的气息环绕在我的周围。在贝多芬的第九交响曲中，我再次问自己：我该写些什么？是写个人的经历，还是写武汉人民的经历，抑或是关于整个人类的思考？我看着主页底部的单词数，不禁哑然失笑。就在我犹豫的过程中，我已经悄然动笔了。字符数在我键盘的敲击声中不断增加，好像有人在告诉我：来吧，写吧。这次，我不再犹豫。现在，就让我为你们讲述我的武汉故事吧。

第一章 风暴之前

　　1月22日晚上是我来中国后经历的最漫长的一晚。晚上六点，我离开图书馆。这时，我看到图书馆保安带着很多消毒工具来到五楼我常学习的地方。我承认我有点震惊。我之前就已听说有种病毒已经在城市的某些社区传播。像以前一样，我们一开始还插科打诨，互相调侃。但当有人打听到小道消息，说武汉可能会封城，我第一次感受到害怕。因为这意味着事情确实变得十分严重。

第一章 风暴之前

鼠年

起初，武汉并没有什么不同寻常。不久前我们刚刚结束了新年的庆祝活动。中国人对这个新年感到乐观，有两个原因，第一是日历年的数字2020中文谐音像是"爱你"。至于第二个原因，根据中国历法，今年是象征着大吉大利的"鼠年"。中国十二生肖的起源与动物崇拜有关。每一种生肖都有丰富的传说，并由此形成一种观念阐释系统，成为民间文化中的形象哲学。"十二生肖"中每种动物都被赋予了相应的思想内涵和文化元素。例如，家中有鼠，表明丰衣足食。我们阿拉伯人有句著名的谚语，有着同样的意思："真主啊，我怀疑家里没有老鼠。"

我像这里的其他学生一样，为寒假做准备。这个假期涵盖了中国农历新年假期——春节。春节在中国所有传统节日和活动中最重要，是国家法定节假日，一般会持续一个星期，2020年春节假期是从1月24日至1月31日。改革开放以来，随着中国城市经济的发展腾飞，很多农村人口开始向城市的迁徙，而迁徙的首选是家乡附近的城市。武汉作为湖北省省会、长江经济带核心城市，是中国重要的工业基地和科教基地，也是所有湖北人移居的首选之地。因此，在过去的40年中，它的人口从1980年的不到600万增加到如今的超过1000万。春节假期期间，他们中的大多数人将会返回原籍的村庄和城镇。因此，整个城市顿时显得空空荡荡，没有了往日熙熙攘攘的繁华街景。

2020年1月9日，寒假到了，大多数学生已离开大学，而我还在纠结，是回到我的国家度假一个半月，还是留在武汉继续我的研究工作，以赶在2月底前顺利完成毕业论文。

起初，我预订了一张1月21日回国的机票。后来，经过翻来覆去的考虑，我又打消了回国的念头。因为现在黎巴嫩正在经历经济、社会和政治危机，人们走上街头，要求改变过时的旧制度，社会很不稳定。我知道，若回到黎巴嫩，我将无法集中精力进行研究。因此，我制定了一份紧张有序的学习工作计划，确保在开学前完成我的博士毕业论文。

平静如常

我与另外两个来自其他国家的朋友每天都结伴去大学图书馆学习。罗杰（Rodger）来自津巴布韦，吉娜（Zina）来自突尼斯。图书馆通常可以容纳5000多名学生，现在随着寒假到来，竟完全空了！图书馆的大部分区域都是封闭的，只留出一栋楼供假期留校的学生使用。

每天早上十一点，我们都会一起去唯一一家还在营业的学生餐厅吃饭。在其余三十多家餐厅都关

▲2020年1月22日，封锁前一晚的华中科技大学主图书馆里空无一人。（图片来源：作者）

门之后，只有这家餐厅继续提供餐点。之后我们去图书馆学习，下午五点再回到同一家餐厅吃晚餐。然后，再回到图书馆，直到晚上十点闭馆。

然而，我们漫长的学习进程，并没有就此结束。图书馆关闭后，我们又转到一个叫"24小时"的地方，这是一家昼夜营业的食品商店，店里有供学习用的桌子。中国学生学习很勤奋，他们非常努力地掌握知识。中国各行各业的人也都一样勤劳。"24小时"商店可以同时容纳十个人坐下来学习，我们变得像中国学生一样努力。我们挤在配备中央供暖设备的地方，只有这里可以帮助我们抵御武汉的寒冷。直到清晨到来，我们才结束学习，回到宿舍睡觉。

这种单调的生活一直持续到1月22日，距离中国的农历新年还有两天。

汉口：非典还是流感？

按原计划我打算给自己放假休息两天，和罗杰一起去我们在大学外面租的房子，像往年一样，和中国家庭一起庆祝中国春节。

白天一直很正常，到了晚上气氛开始紧张。1月22日晚上是我来中国后经历的最漫长的一晚。晚上六点，我离开图书馆。这时，我看到图书馆保安带着很多消毒工具来到五楼我常学习的地方。我承认我有点震惊。我之前就已听说有种病毒已经在城市的某些社区传播。像以前一样，我们一开始还插科打诨，互相调侃。但当有人打听到小道消息，说武汉可能会封城，我第一次感受到害怕。因为这意味着事情确实变得十分严重。

在前往"度假屋"的路上，我浮想联翩：自元旦以来，我都没有离开过学校一步，学校外面到底发生了什么？武汉真的要封城吗？一旦封城，什么时候才会结束？病毒传播到底是指什么？学校给我们分发防疫消毒物资，是否说明要长期戴口罩，用消毒液洗手？

所有这些问题困扰着我。尽管一个月前我就听说这座城市里有一种病毒，但我对此并不十分重视。这是新事物，我以前从未有过处理病毒传播的相关知识和经验。

我回忆起之前和我的黎巴嫩同伴纳伊姆（Naeem）的通话。

那是在2019年12月31日，我们在商量晚上的跨年活动。纳伊姆对我说："如果你今晚要来我们这边，你得戴上口罩，因为我所在的地区有感染病毒的病例。"

纳伊姆住在武汉的汉口地区，他的女友萨尔玛（Salma）在我们学校的医学系就读，而华中科技大学附属医院同济医院正好位于汉口地区。他告诉我："据说感染病例被送往萨尔玛正在实习的医院。"

武汉的汉口区是该市最重要、最古老的地区之一。武汉市的名称来源于该地区以及其他两个区的名称：武昌和汉阳。在汉口江滩约2.5平方公里的区域内，是中外游客的度假胜地，这片区域以西式风格而闻名，各式外国建筑矗立其中，堪比上海外滩的万国建筑群。这些建筑始建于殖民时代，英国、法国和俄国等殖民主义国家曾在这里划分租界，建立了领事馆、金融机构等，留下了不同时期、不同国家、不同风格的优美建筑。另外，这里还有这座城市最大的公路铁路两用桥梁——武汉长江大桥。这座桥是苏联援华工程之一，于1957年正式建成通车。如今，这座横跨长江的桥梁是武汉市重要的历史标志性建筑之一，素有"万里长江第一桥"的美誉。

▲武汉长江大桥。(图片来源：新华社)

12月31日早晨，在与经营儿童英语培训中心的中国朋友梅（Mai）前往汉口的路上，她告诉我，听说汉口地区有人感染了未知病毒。那时，他们还以为这种病毒可能是以前在中国肆虐的SARS病毒的新暴发，或者仅仅是季节性流感，抑或是一种新的未知的一种病毒。不管怎样，她建议我在乘坐地铁时戴上医用外科口罩。

事实上，正是从那天之后，为了防止感染病毒，我就开始每天在所有地方佩戴口罩。我从来没有因为各种借口排斥戴口罩。很小的时候，我就陪父亲工作。他是一名油漆工，需要使用一种稀释剂来溶化粉刷墙壁的材料。这些材料溶解后会散发出刺鼻的气味，对呼吸系统有害，因此我父亲要求我必须戴上口罩。

阿德汉，立即离开武汉！

在我到达地铁站的那一刻，我的阿尔及利亚朋友莱拉（Leila）给我打来语音电话。她正在中国读文学博士学位，现在已经离开武汉，正与家人一起度假。她的声音有些颤抖："阿德汉，立即离开武汉！"

我仍然沉浸在思考中。开始，我没有十分在意她那种紧张的语气，因为我对探索有关病毒记忆的关注分散了我的注意力。我正在想：我在前一时期是否采取了足够的预防措施？在过去的20天里，我没有离开过大学，但这够吗？我会是其中一名被感染者吗？

因此，当莱拉让我从武汉迅速离开时，我有些不解："为什么？有什么原因吗？"她着急起来："中国政府决定明天十点封闭武汉。马上！马上去火车站！"

这时我已经到达地铁站内的检查站。里面，三名女安检已经穿戴上防护用品。莱拉还在微信上和我说话。我犹豫要不要坐地铁。我所担心的是，关于这种病毒的信息非常少。我曾经历过毁灭性战争，政治、经济危机等许多危险情况，但我从未经历过病毒传播。

我对她说："我会尽快给你打回去。"我又打电话给我的中国朋友梅，问她发生了什么事。她说："流行病学家钟南山前天说，病毒似乎正在更广泛地传播，而且已经可以人传人。"我问她："我要去南湖附近，坐地铁还是出租车？要想避免感染病毒，最好的交通方式是什么？"她说："如果你乘坐地铁，请不要触摸任何东西，不要与他人讲话、接触、握手，要戴上口罩。"我决定放弃地铁，改坐出租车。

司机脸色苍白，戴着口罩和手套。我坐在后排座位上，试图不碰到任何东西。我把书包放在脚上，里面除了笔记本电脑和一些书本、纸张之外，还有一些衣服。

在去南湖的路上，莱拉再次打来电话。她的反应非常快，因为她几个小时都没有离开电话，不停地打电话给她的朋友。她在武汉有数百名熟人，从2011年起就一直生活在这座城市。我告诉她："出租车、地铁上的景象令人心惊肉跳，车站周围的宁静显得十分反常。"她说："阿德汉，我的一个阿尔及利亚朋友和一个苏丹朋友正前往火车站，准备去西安，在那里他们会考虑下一步该怎么做……现在还有火车票，现在就走吧。"我想了一下，说："但是，对于传染病来说，最危险的不是聚集吗？我该怎么去？坐火车？不，在行动之前，我会仔细考虑的。"

我打开微信，看到了许多外国同学的动态，他们在官方宣布的截止日期前几个小时竞相离开武汉。但是我越来越倾向于留下来。

病毒是通过接触传播的，因此最容易被感染的危险场所是聚集场所。另一方面，我不清楚到底发生了什么！我甚至不了解这座城市将被隔离！

  这个行政命令到底蕴含着什么意思？当局将如何隔离一个像黎巴嫩国家那样大小，人口超过1000万的城市？人们能坚持下来吗？食品还充足吗？我们如何确保食品和饮料的安全？货物是否会从货架上消失，然后以翻倍的价格重新出现？太多的问题和疑虑使我无法做出任何决定。

跨年夜的聊天记录

我没跟出租车司机说话，他也没有挑起话题。通常，一旦我坐在司机旁边，我就会开始拼命尝试与他们交谈。我的中文很差，即使我的发音正确，我知道的几个单词说出来他们也听不懂。大多数中国人甚至没有想到我会说他们的语言。但是我通常会努力尝试。我知道他会问我的唯一问题是："你来自哪里？"当然，我很难用标准的中文发音说"黎巴嫩"这三个字。因为我习惯用母语来说国家名称，但在中国人听起来，却是另一个词汇。尤其是武汉人讲武汉话，他们的字母"N"发音不准，更接近"L"。我以前自尊心非常强，不想被外国人欺负，不想讲他们的语言，因为一些殖民主义者总认为自己才是宇宙的中心。武汉人却不同，他们热心接纳我们，尝试接受我们不流利的语言。他们帮助我们用中文说出我们想要表达的内容，并坚持多次反复尝试，直到我们自己放弃。

沉默笼罩着出租车。在这种寂静的气氛中，电话是唯一摆脱焦虑的出路。成百上千的信息涌入了我的社交软件，特别是在大学宿舍群里。大学的每栋宿舍楼都有一个微信群，可以与房屋管理部门进行沟通，并按住房类别将学生按本科生或研究生等教育程度划分。当然，学生有权住在大学外面。对于我而言，我所住的宿舍楼是专门为博士生预留的，这里住着包括来自世界上大多数国家的约350名学生。因此，这个群是追踪事件发展动态的最佳来源，无论是真实的还是谣言。

我在群里搜索之前未曾看到的聊天记录，并浏览几天前发生的对话。"礼物将在1月23日发放。"宿管通常会在农历新年期间向留校学生们赠送礼物，群里除了礼物通知外，大多是例行消息。

在跨年夜之前，并没有什么不寻常的地方。"跨年夜飞了"，这是12月31日的一条英文信息。这条信息来自突尼斯朋友拉加德（Raghad），她是我朋友吉娜的朋友。拉加德和其他朋友过去常常称我、吉娜和罗杰为"图书馆三人帮"，原因很简单——我们大部分时间都在这里度过。拉加德在群里转载了一条新闻报道的屏幕截图，该报道似乎取自中国官方机构的网站。由于报道是中文，我看不懂它的内容。于是我用手机浏览器搜索英文报道，看到了中国官方频道CGTN（中国国际电视台）的新闻，标题是："武汉市报告了27例病毒性肺炎。"其他网站上发布的信息也证实了该消息的真实性。

报道提到："根据武汉市卫健委的报告，27例病例中有7例病情危重，其余患者生命体征总体稳定，有2例病情好转，有望在未来几天内出院。大部分病例为武汉华南海鲜批发市场经营户，现在所有商户都必须接受疾病检测。"报道引用武汉市卫生局的消息，称在武汉还发现了许多其他肺炎病例，来源仍然未知。

我还在这个星球上吗？

出租车载着我，在寂静中走过漫长的路。看完这条聊天记录后，我用英语和阿拉伯语继续搜索，找到了大量相关文章。快速浏览后，我发现其中大多数是我刚刚阅读的新闻的转载。其中有两个网站吸引了我：一个是世界卫生组织的网站，另一个是英国的BBC（英国广播公司）网站。

BBC网站1月11日发表文章，标题为《一种神秘的中国病毒：我们应该了解多少？》通过快速浏览，我发现那是一篇非常重要的文章，直击我心头疑惑。毫无疑问，也是很多人的疑惑。然后，我又打开了另一个链接，这是世界卫生组织网站于2020年1月12日发布的一份报告。该报告对我来说是个宝藏，因为它除了用阿拉伯语提供信息外，还引用了大量链接，其中包括武汉市卫健委在2019年12月31日至2020年1月12日期间提供的报告。除了这些中文报告外，该组织还发布了另一份英文报告，标题为《世卫组织关于在中国暴发新型冠状病毒感染的肺炎疫情下的国际旅行和贸易指南》。

在这混乱的时刻，我需要决定是留在武汉，还是离开武汉。我将中文报告的链接发送给了我的阿尔及利亚朋友莱拉，以帮助我理解其中的内容，同时急切地阅读那份英文旅行指南。

第一章　风暴之前

千问之夜

45 分钟后，我到达了南湖附近的家。在家里，我阅读了世界卫生组织关于旅行提示的报告。但是这份报告没有回答我的问题：外出旅行是否危险？我应该留下还是离开武汉？我希望能在这份报告中找到答案，但报告只是说："没有限制旅行的建议。"这意味着世卫组织在强调旅行期间预防措施的同时，保持了选择的开放性。我对自己说，也许由于病毒的迅速传播，这份报告是在情况恶化之前发布的。于是我继续搜索信息。

直到晚上七点，我仍未收到任何有关武汉封城的英语官方信息。因此，我没有理由改变我接下来的两天（即 1 月 23 日和 24 日）留在这所房子的计划。之后，我会按照计划回到学校，以完成我的研究课题。

下了出租车，我对周围的一切都保持警惕，尤其是对我所接触到的一切。我小心翼翼地远离可能感染病毒的一切物品。我进入屋子后立即来到洗手间，把所有衣服都放在洗衣机里，然后准备洗澡。突然，我停了下来：我应该直接开始洗澡还是应该先洗手？

如果我的手被病毒感染，我将无法触摸自己的脸！但是我的头发呢？如果也被污染，水将流进我的嘴里！这时我才意识到：我很害怕！我抑制住自己的恐惧，自我安慰说，"有什么好怕的！正常地生活就对了！洗手，洗澡，该干吗干吗！"这是我战胜恐慌的第一次挑战。

晚上九点，我独自在家。我的中国朋友梅及其家人还有其他朋友原本计划第二天晚上来访。我拿起电话准备联系她，发现一刻钟前收到一封大学发来的电子邮件，邮件标题为《与当前流行病有关的信息》。通过这封邮件，我第一次获悉来源于官方的消息，武汉市将在第二天（2020年1月23日）上午10点开始关闭出入通道。

很快，我又回到了核心问题：我应该去火车站吗？这时我又收到了莱拉的邮件，于是我回电话给她。她说："明天早上武汉就要封城了。我知道你又固执又僵化，不听人劝。但这次你要听我的，现在就离开武汉。如果留下来，你几个月都无法出门，据说武汉封城将会持续很长时间。"我挂掉电话呆若木鸡，心想：我还能出得去吗？我必须赶快决定。但是去哪里呢？离开家我还会安全吗？

我不知道接下来应该做什么，双手捧着手机，眼睛却凝视着未知。我想到埃及诗人艾哈迈德·福阿德·内格姆（Ahmed Fouad Negm）的一首诗，他在诗中问："为什么会恐惧？恐惧来自未知。"未知就是指对外界缺乏清晰的了解。这时，我的感觉不再是恐惧，而是犹豫。因为恐惧会使人鲁莽而不是迟疑。我很迟疑，因为我看不清现实。我是无知者，我对疫情的了解很少，无法做出决定。

更糟糕的事情发生了！我的姐姐哈南（Hanan）从黎巴嫩发来信息："阿德汉，快给我说说新冠肺炎的情况。"

我对自己说："天啊，这意味着新闻不仅传到了黎巴嫩，还传到了我的家！我要告诉他们什么？我该如何给他们一个使他们放心的答案？"

我在风暴的中心，却对所发生的事情一无所知，他们又能做什么？他们可能认为自己的孩子，就像在有关流行病传播的电影中一样，活在地狱里！

我告诉姐姐，情况越来越糟，今天发布了一项正式决定，不允许任何人进入或离开武汉。或许，政府最多会禁止人们在最近两天内离开武汉。但是，直到这一刻为止，还没有明确的信息。我要求她千万不要告诉妈妈。

我想保留所有可能性，包括选择留在武汉。对于其他人来说，这是一个艰难的选择。而对于我的家庭呢？我知道，他们无论如何都会尊重我的决定。但是，如果我留下来的话，我必须找到理由来减轻他们的焦虑。姐姐怀疑地问我："你一切都好，是吗？"我试图不直接回答这个问题，因为姑且不说将来，在谈话的这一刻，我都有可能已经感染病毒，只是症状尚未出现。

姐姐建议我："回来吧，我们为你支付旅途费用，让你回家，直到危机过去，再返回武汉。你觉得怎么样？"说实话，我想到了这个提议，但是这个建议让我承受的压力更大。她再次尝试将注意力从"基本"问题转移开来，以回应我从信息中所了解的内容。从疫情开始暴发到现在，这种病毒已经存在了大约一个月。起初，病毒只局限于某些社区，并且感染者已被隔离。现在看来，病毒已经传播到隔离地点之外的地方。

对于姐姐提出的问题，我并不了解。因为过去三周以来我一直在大学里忙碌，虽然我一直像图书馆工作人员和其余的几个学生一样，坚持戴口罩，但没有关注新闻，也没有打听其他细节。因此，我看不到城市日常生活的变化。

姐姐问我，这种病毒到底是什么？我告诉她，这种病毒与2002—2003年间传播的病毒类似，被称为"新型冠状病毒"。

"那么，它的传播途径是什么？"她接着问。我回答说："它通常来自与动物的接触，而新的变异使它变得更具传染性，并影响人的呼吸系统。"然后我给她发送了一个英文视频，这个视频是我从大学宿舍群里看到的，视频介绍了病毒是如何传播的，以及感染途径、症状和预防方法等信息。但是，视频并未提到后来被称为"新型冠状病毒"的病原体。相反，视频称其类似"MERS—CoV"（中东呼吸综合征冠状病毒），该病毒曾经于2012年出现在中东。

对姐姐哈南而言，要想尽力确保我现在和将来的安全健康唯一的解决方案就是离开武汉。于是她说："收拾东西，回家吧。你现在可以有多种选择，但不能留在武汉。"

此刻，留下来的念头在我心中不断回响。为什么即便离开武汉的可能性仍然存在，但我事实上却已经在为留下来做准备呢？

我告诉她，我会看看还有没有出城的车票。问题是火车站和机场都很拥挤，那些聚集的地方最容易受到疫情的感染。也许我最好留在自己的地方。这种解释也许有助于我坚定留下来的想法，让家人感同身受。

回到宝藏

天气很冷,我坐在床上捧着手机。和姐姐的对话结束后,我继续看收集的文章。

世界卫生组织报告中包含的信息量很大。报告及其附录使我详细了解了病毒出现的时间顺序,以及中国医疗机构对从诊断之初到报告发布之时所采取的所有应对措施。

14天前发布的这份报告中,有两个主要问题引起我的注意:第一个问题是,直到报告发布之时,世卫组织估计该病毒还没有在人与人之间传播,因为没有证据。此评估后来被证明是不正确的。这个错误的产生有三种可能,一是有些感染者没有出现直接症状,在某些情况下甚至根本没有出现症状,从而蒙蔽了医务人员;二是诊断操作不充分;三是病毒较那时已出现变异,随着时间的推移,变得更具传染性和致命性。

中国国家卫健委于1月12日分享了新型冠状病毒的基因序列信息。据世卫组织称,这不仅对中国,而且对其他国家的所有科学机构来说都是非常重要的事情。正如该组织所说,中国已开始

"开发特定的诊断工具"。

  批发市场关闭和确诊病例人数的增加引起了我的关注。城市中到处都有中小型鱼类市场,我时常从它们旁边经过。这些市场中会不会有工人受到感染?我突然想起:我现在住的房子正下方有一家鱼店!"啊,不能吧!"

第二章 世纪封城

我突然感到血脉偾张，这是一种难以形容的感觉，我想大声喊叫。人们在隔离房屋的门廊中互相鼓励。有了声音，人们感到像是在见面。这对人类来说是一个庄严的景象，他们意识到，自己和国家处于极大的困境中，但是远方正在伸出援手。他们曾经对彼此，对他们受难的城市，以及对他们的国家说过：只要我们所有人团结一致，我们就不孤单。

留在你现在的地方

武汉这座城市已经开始为封城做准备,但没人知道它会持续多久。我不知道封城意味着什么:仅仅是与外部世界隔绝吗?机场和城市出入通道是否会关闭?我们在城市内部的活动是否包括在内?如果真的包括在内,将如何实现?这超出了我的想象,我从来没有过类似的经历,即使我来自一个发生过各种战争、冲突和灾难的国家。

转眼来到1月23日上午。我不确定我的客人是否会参加我为中国农历新年安排的庆祝活动,但我还是按计划准备装饰房间。梅和其他朋友应该会来。但是,从新闻中可以明显看出,封城的法令包括停运公共交通,他们没法乘坐公交车或地铁。我联系了我的朋友,通知他们今天的活动取消。梅建议我去她在汉口的家和她的家人一起过年,并且让她的家人开私家车接我。但是考虑到目前汉口的疫情可能是最严重的,我决定不去了。

▲ 按下暂停键的武汉街头，图为 2020 年 1 月 26 日拍摄的武汉黄鹤楼和长江大桥一带。（图片来源：新华社）

好吧，既然我呆在南湖家里的理由没有了，庆祝活动也取消了，那我为什么不回大学呢？我联系了学院的外国学生负责人佩里，问他我是留在家还是重返学校。他毫不犹豫地回答：留在你现在的地方。我留下了，好吧，我只能留下了。

留下，这可不是一件简单的事情。这里与大学宿舍不同，我不认识任何人。另外，我对附近也并不熟悉。我只来过几次。另外，我来的时候只有三件衣服，以及我洗衣机里放的一条裤子。这就是我现在的感觉……没有裤子穿,而且室外温度低于零度。

这一天也是散播武汉谣言和虚假新闻的第一天。我确切记得谣言是如何开始传播的,比如,"中国军用飞机将从空中向武汉喷射某种特殊物质,因为疫情已经失控了"。又比如,"医务部门将感染者到处转移,这造成病毒传播到各处"。社交媒体还流传了一段伪造的视频,附着一个据称在武汉饭店吃蝙蝠女孩的照片。该视频已经广泛传播,似乎是在有意将病毒起源引向一个特定方向,而忽视任何其他可能的原因。

我是通过学生宿舍群获得此消息的。武汉的中国学生们大多在这场危机之前就离开了学校,回到他们的家乡。与此同时,武汉还有大量外国留学生滞留在学校。

我请我的津巴布韦朋友罗杰帮我去阿拉伯商店买一些食物。在大学里,有两家商店专为我们阿拉伯学生提供特色商品,例如阿拉伯大饼、豆酱罐头、鹰嘴豆和许多其他阿拉伯特产,这在其他商店中是找不到的。我听说这家商店将在下午关闭。今天应该会有不少穆斯林学生前去抢购,因为那里的所有产品都是清真食品。

我以为我会很快回到大学,所以我只需要一些食品。通过视频通话,我将罗杰引导到我想要的产品那里。他不是阿拉伯人,不知道豆酱的重要性,不知道我们乐于存储它。商店里很快挤满了学生,罗杰顿时就明白了。我要求他能拿多少就买多少。

▲疫情期间,阿德汉亲手制作的黎巴嫩早餐(左)和面包(右)。(图片来源:作者)

他问我:"为什么你们要买这么多的豆酱呢?"我向他解释说我不擅长烹饪,豆酱很容易储存和烹饪,而我不知道封城会持续多久。无论如何,所有这些食品在存放时都不会变质。

第二天,即1月24日,封城范围开始扩大。连接长江两岸的一些主要桥梁和隧道已经关闭。在短短两天内,公共交通、出租车以及共享单车都完全停止运营。到1月25日晚上,武汉已经完全封闭。这包括关闭进出城市通道、停运市内公共交通工具和出租车。因此,不再可能有超出步行范围的任何活动。

第二章 世纪封城

无意中的收获

我一个人住在一套有四个房间的公寓里：两个房间可以睡觉，一个房间用来学习、研究和写作，一个房间当作餐厅。在其南侧和北侧，有阳台。南面可以俯瞰主路，北面可以俯瞰公寓大楼内的公园。那里有栋六层公寓，一楼有一个果蔬商店，紧邻着主路。商店老板住在附近东边的公寓里，他们直接从门店的大门进出，无需走小区的正门。

我为什么要讲这些呢？因为在这家商店里，出售着一些新鲜的鱼以及水果和蔬菜。在我看来，卖鱼存在被新冠病毒感染的风险。在由家庭经营的大多数中小型商店中，这种形式很普遍。他们往往在商店前放一些塑料容器，出售活鱼。这些鱼每天从湖泊和河流中捕获，或从批发市场中购买。这对我来说有点奇怪。在我的国家，我们从不买卖活鱼。当我买活鱼的时候，我不知道回家后该怎么办！我过去常常要整天等待一条鱼自然死亡，这样我才敢开始清理它！

我继续观察紧邻我家的商店。我认为，鱼的买卖与感染病毒的可能性紧密相关，因此居住在相邻公寓中的这个家庭有可能成为病毒的携带者。如果他们是从华南海鲜市场批发的，那么意味着这个家庭被感染的可能性很大，而离开和进入小区时传染给我的可能性也就很大。但是后来我排除了这种可能性。汉口的鱼市离这里很远，并且公寓附近也有批发市场。事虽如此，但必须谨慎。

在有关鱼类市场的信息传播之后，一个西方机构炮制了一张照片，并附有报告，污蔑说在武汉市场内发现了一家非法出售包括蝙蝠在内的野生动物肉的商店。该报告被有关部门屏蔽，但在外国学生中却广泛传播。根据这些信息，关于饮食的讨论开始增多，视频在武汉市的中外社交网站上均有传播。有一种说法是，病毒传播的原因是，中国人尤其是武汉人普遍喜欢吃那些有争议的食物。

由于我来自中东，而且我正在学习观察政治宣传机制、谣言传播的方法和媒体捏造谣言的行为，因此，只要关注一些新闻，并调查其来源和传播方式，我就可以区分出哪些是妖言惑众的宣传。

中国正处于媒体和心理战争的风暴眼。我密切关注着这些谣言的后续发展，以及它们的来源和传播的速度。谣言一波接一波，有人指挥，有人传播。类似的谣言传播者妄图利用他们控制的舆论工具，抹黑中国和中国人民。

起初，我不知道这些视频的来源，但是我确定它不在武汉。视频里人们的体貌特征与中国人不同。更重要的是，我十分了解这座城市的所有街区，了解其饮食体系和人民的生活习惯。我在这座城市学习和生活的五年中，从未见过一家提供蝙蝠的餐厅，更没有看到任何市场出售蝙蝠。事后有证据表明，那些视频是在印度尼西亚和帕劳拍摄的。

我无法不将这种严重的媒体误传，与病毒开始传播前几周针对中国的造谣污蔑联系起来。西方的媒体污蔑说，中国政府对新疆维吾尔族进行迫害，只是因为他们是穆斯林。这造成了部分阿拉伯人和穆斯林对中国的反感，有时甚至是仇恨。

我以前曾试图展现中国穆斯林尤其是维吾尔族的真实情况。我有许多维吾尔族同学。在武汉，清真餐馆遍布全城，我经常在这些餐馆就餐。他们的饮食习惯与我们非常相似，尤其是对面包和羊肉的偏爱。因此，我与他们中的许多人成了朋友。我非常清楚，穆斯林在武汉享有充分的权利和自由。这是在这里的外国人人尽皆知的事实。我记得在我到达武汉的第一个月发生了一件事。当时我和一名叙利亚朋友因为驾驶超规摩托车被一名警察拦下。但是，马上有另一名警察过来帮我们解围，他对他的同事说，让他们过去吧。他以为我们来自新疆。据中国朋友说，我们的长相特征和维吾尔族人很像，尤其是我留着胡子。其他少数族裔也享有同样的特权，例如鼓励穆斯林学生进入大学的优惠政策，生育一个以上孩子的权利等，这些特权是占中国人口91%的汉族人没有的。2015年，"独生子女政策"终止，政府鼓励一对夫妻生育两个子女，汉族人这才有了享受能生育两个孩子的政策。

有关中国的新闻或电影在阿拉伯世界总能引起反响，这可能是由于我们对东亚地区知之甚少。由于地理、语言和文化的差异，我们阿拉伯人对这一地区了解并不多。例如，我们以为每个具有亚洲特色的人都会中文。可是，当我们看到了汉语、印度尼西亚语、日语、泰语、韩语、越南语等亚洲国家的语言后才发现，这些语言截然不同。然而，正因为缺乏了解，才会吸引我进一步探索和研究。因此，我现在只要对视频中的人进行简单的观察，就可以很容易从他们的外貌、气质特征、语气，甚至是拍摄地点的景观特征等方面，判断出这些视频或图片是不是在中国拍摄的。

因此，从那一刻起，我知道，中国正在面临一场新的被栽赃污蔑、歪曲抹黑、甩锅推责运动，这是基于宗教偏见，对中国民族宗教政策歪曲污蔑运动的延续。这次将新型病毒称为"武汉病毒"，就是一场在中国人民与其他国家人民之间播种仇恨的运动，目的是阻止中国在国际事务上扮演更重要的角色，想方设法阻挠和打压中国在经济、科技方面取得的快速进步。

我的校园生活

当我尝试适应目前的新现实时,我也不得不适应这个家。五年前,我住在学校宿舍。我的宿舍只有一个房间,用来睡觉、学习和接待客人。在走廊转角处,有一个小厨房,卧室的旁边是浴室。

▲阿德汉在华中科技大学的宿舍。(图片来源:作者)

我的隔壁住的是一个孟加拉国同学。卧室不小，但没太多家具。我将宿舍的房间装饰成了一个博物馆。墙上挂满了图片。每个拜访我的人都能在这里度过美好时光，欣赏墙壁，浏览照片和墙报。这些照片和故事，实际上是我的身份和信仰的一种表达。

▲阿德汉房间的墙上挂着巴勒斯坦斗士莱拉·哈立德的图片。（图片来源：作者）

在大学宿舍中，居住着不同国家、各个民族的学生。我喜欢了解他国文化，我也试图在他们当中传播我们面临的问题、我们的观念。我的关注焦点是巴勒斯坦被占领土和巴勒斯坦难民问题，这个问题在犹太殖民主义的信息压制下，仍在绝望中不断尝试唤醒世人的正义和良知。因此，大多数照片和故事都与此问题有关：不仅有巴勒斯坦斗士莱拉·哈立德（Leila Khaled）戴着巴勒斯坦头巾的照片，还有黎巴嫩共产党2015年发布的日历。自从我第一次来到中国，我就一直保留着这个日历。日历上有一幅黎巴嫩共产党的烈士照片，他们在 2004 年与犹太复国主义者的战斗中牺牲，被残忍地埋在万人坑中，战争结束后遗骸才被发现并取回。

在另一面俯瞰楼下花园的墙上挂着一条晾衣绳状的亚麻布，上面贴着一些故事和图片，包括一幅著名的巴勒斯坦绘画。这幅画描绘了解放巴勒斯坦人民阵线战士加桑·卡纳法尼的肖像，旁边是一个举着胜利旗帜的孩子，背后写着"我们将从脚下战胜死亡，然后赤脚走到阳光下"。

这些故事是我与世界各地的同学长期讨论的基础课题。许多人来我这里，是为了让我帮助他们完成与数学和统计学有关的作业。由于经济学专业的学生通常不喜欢这些学科，因此他们不得不求助于我。现代经济在很大程度上依赖于数据分析和经济变量之间的关系，这是我的专业领域，因为我有数学和统计学学科背景。

惊叫——1月24日

今天是我在这间房子度过的第二天。隔壁人家传来庆祝的声音。按照中国的传统,今天是除夕,是每个家庭家人团圆聚餐的日子。听起来,隔壁家庭像是武汉本地人。孩子和老人的声音交织在一起,充满了喜悦。

转眼来到午餐时间。我不擅长做饭,大部分时间我都辗转于数以千计的中餐馆。算了,别惹麻烦了,还是自己做点饭吧。

我出门去商店买了一大堆蔬菜。除了鸡蛋、面粉和大米外,我还特地采购了一些洋葱、大蒜和土豆,这些都是阿拉伯菜的主要原料。我注意到,这家商店已停止出售鱼类,这可能是由于在中国政府的要求下,人们开始与活体动物保持距离;也可能是因为大市场都关闭了,商店也就没了进货渠道。

刚回到家,我就看到我的黎巴嫩朋友纳伊姆发来的微信。标题为《2号公告》,是摩洛哥驻华使馆发给在武汉摩洛哥国民的通知。公告内容是,"根据先前关于在中国暴发的新冠肺炎疫情的有关公告,摩洛哥王国驻北京大使馆呼吁居住在中华人民共和国境内的所有摩洛哥人,特别是居住在湖北省武汉市的摩洛哥人,通过电子邮件发送以下信息……"。

纳伊姆告诉我,他听说伊拉克驻华使馆也将为在武汉的伊拉克公民购买机票,帮助他们回国。他接着问:"我们黎巴嫩在华没有大使馆吗,我们黎巴嫩人在中国该怎么办?"

好问题。我告诉他,"等着呗"。

关于各国可能从武汉撤侨的讨论已经开始蔓延,尤其是在留学生中间。最初传闻的主角是美国驻武汉总领事馆,然后是日本和澳大利亚的领事馆。

武汉的黎巴嫩人数量其实并不多。除了纳伊姆和我,我所知道的也就还有两个学生。他们中的一个在寒假开始时就回黎巴嫩了,另一个自从一年前我在武汉火车站接到他之后就再也没有过联系。至于在中国的其余黎巴嫩学生,我在暑假期间见过一些,当时中国驻黎巴嫩大使馆邀请我们共进午餐。那次聚餐之后,黎巴嫩驻中国大使馆的文化专员成立了一个微信群,与我们保持交流。

通过这个群,那位文化专员和我取得了联系。他问我,最近是否有从武汉回国的黎巴嫩学生,我回答说有。他们在一一确认所有在武汉的黎巴嫩公民。我有一个朋友在黎巴嫩驻华大使馆工作,他会说阿拉伯语。早在使馆工作之前我们就认识了,他也联系了我,确认我还安好。我问他,有没有什么疫情相关信息。他坚定地回答:"情况很严重,不要再离开家了。"

情况仍然扑朔迷离。除了从大学获得的信息之外，我们还需要得到来自官方的消息。我想我有必要与黎巴嫩驻华使馆进行沟通，让他们告诉我们使馆正在做什么、我们国家的情况如何。尽管我和纳伊姆都倾向于留在武汉，但是没有人理睬我们是不可接受的。于是我尝试通过脸书与黎巴嫩驻北京的使馆进行交流。我在我的脸书主页上发帖写道：

我们许多黎巴嫩人滞留在中国武汉，大约两个星期以来这里一直处于非常紧急的公共卫生状况。四天前，这座城市被完全隔离了，城市内部所有公共交通都停运了。

几乎所有使馆都与他们的国民取得了联系，对他们而言，这是最起码的信念。有的使馆已经在组织撤侨，比如摩洛哥使馆。

至于我们在武汉的黎巴嫩人，赞美真主，我们都不知道黎巴嫩驻华使馆里是否有大使。别折磨我们了，打个电话或发个电子邮件来问问我们的情况吧。

相比之下，中国驻黎巴嫩大使馆为了让我和其他黎巴嫩学生放心，从前天到今天已经联系我们三次了。

武汉加油！2020年1月24日。

我的父亲

自从我与父亲上一次对话到现在,已经过去20多天了。当时,他通过WhatsApp给我发送了语音信息,传达了一位朋友对我撰写的一篇批评黎巴嫩经济模式文章的看法。

我曾告诉我姐姐哈南武汉要封城了,并嘱咐她不要告诉父亲母亲,以免他们担心。我相信她坚持不了多久。果然,我们交谈之后没过几个小时,我的大姐贝桑(Beisan)就给我打来电话,接着是姐姐努拉(Nura)。然后,我的兄弟姐妹亲朋好友几乎都跟我联系了一遍。

我给哈南又打去电话,她说,父亲一直追问她,所以不得不告诉他我的情况。为了不让父亲担心,哈南告诉他,所谓的新型病毒"仅仅是流感,不要担心"。

我又问她:"现在你觉得他们还焦虑吗?"她说,这不重要,他们"不了解情况","他们正在计算你返回黎巴嫩的机票价格"。我果断地说:"即使我们有一百万美元,也无济于事。这个城市已经彻底地封锁了,没有人可以进入或离开。"哈南说,让她来告诉

▲阿德汉与父亲，摄于 2017 年 8 月 4 日。（图片来源：作者）

家人，希望他们可以平静下来。我说好，反正城市已经关闭了。她问我还有没有别的办法，我说办法总会有的，然后就挂了电话。

我想他们迟早会知道，也会接受现状的。当媒体开始大量报道时，武汉早已封城了。媒体总是尽力渲染夸大新闻报道，故意制造悬念吸引受众，而不用承担责任。

而我呢，还需要一些时间才能更好地了解当下的情况和之后的前景。我已经开始梳理信息，包括到目前为止我们对这种病毒的认知，从而进一步了解疫情。我准备以更加系统的方式来研究这件事。

父亲给我打了几个电话，但我一直在忙，没有接到电话。因此，他给我留下了一条语音信息，告诉我，姐姐已经把武汉的情况一五一十地告诉他了。他要求我正视现实，如果有任何生命危险，必须作出适当的决定。我用了很长时间来解释，试图使他摆脱恐慌。他最后说："好吧。不过你妈妈现在还什么都不知道，我们也不准备告诉她。照顾好你自己！"

我父亲是一个非常理性的人，残酷的生活从小就锻炼了他的意志。我的爷爷在我父亲九岁时去世，他的很多同龄人都有过类似的遭遇。他在20世纪60年代长大，当时黎巴嫩和阿拉伯地区正处于巨大的政治变局中，包括1967年在阿以战争中失败以及各派巴勒斯坦革命力量的出现。

当时也是黎巴嫩左翼发展的鼎盛时期。我父亲选择加入"黎巴嫩革命社会主义者组织"，这是一个左翼政治组织，不相信和平斗争，而相信武装行动。他们实际上在黎巴嫩战争（指1975年爆发的黎巴嫩内战——编辑注）爆发之前就策划了许多军事行动，其中最著名的是"美国银行行动"。那是一次与银行黑手党斗智斗勇的事件，在当前黎巴嫩新一轮经济危机背景下，那次行动仍让人记忆犹新。他从小投身武装斗争，逐渐放弃了自己擅长的学业。高中毕业后，他没有再上大学。他对政党没什么好印象，觉得从事和平政治运动就是承认个人的失败。

他的组织将中国领导人毛泽东的思想作为行动指南，被普遍认为是一个"毛主义"组织。他钦佩中国发展经验，特别是中国在改革开放后，取得了巨大的经济成就，大幅改善了人民的生活条件。而"我的'苏联集团'"却没有像它所说的那样"让人民站起来"。所谓"我的'苏联集团'"，指的是我本人所属的黎巴嫩共产党。黎共遵循的是前苏联道路，曾经是前苏联的支持者。他常会将苏联与中国的经验进行比较，并以此来嘲讽我。

"黎巴嫩革命社会主义者组织"树敌众多，其中既有国家机构，也有右翼组织，甚至还有同属左派的其他组织。随着1975年黎巴嫩内战的爆发，我父亲像他那个时代的其他人一样，参加了这场战争。几年后，他们的组织在战火中陷入深渊。

当我的母亲在1980年生下我的姐姐贝桑时，我的父亲正在服一年有期徒刑。他因一起案件被捕，一名政治组织领导人在案件中身亡。离开监狱后，他像许多参加过这一阶段战争的人一样，前往沙特阿拉伯寻找工作机会。他在沙特定居了很长时间。自从我有记忆以来，在我们的童年时代，我们和他的见面次数并不多，因为他每六个月才回黎巴嫩一次。

他一生的经历和境遇，以及对政党的消极态度，在我年轻的时候就影响了我。我开始研究共产主义思想。他认为，参加政党意味着失去个人的未来，尤其是在一个与国家主流政治格格不入的社会，如何能做好一名真正的共产党员？此外，他认为加入共产党会导致我拿起武器，进而无法完成学业。

为了避免与家人发生冲突，我过去在家里不会透露与政党生活有关的任何信息，就像是在做地下工作。有一天，他去见一位朋友，这位朋友也是黎共党员。他不停地问我父亲："阿德汉同志怎么样？"回到家后父亲问我："告诉我，你参加的是哪个政党？你参加的军事团体叫什么名字？"我第一次从他嘴里听到这些词汇，顿时哑口无言，甚至一整天都无法直视他。

他对我政治活动的态度一直没有改变，直到后来，我考上了黎巴嫩大学，并在最难的专业读完本科，他才开始转变观念，对我放下心来。

有一次，他的一位老战友来我们家里做客，我们聊到一个我现在已经想不起来的政治问题。那位战友打断了我的话，说"你的方法会把自己带向死胡同……我们在你之前早就都试过了"。父亲制止了他，那也是他第一次对我的政治活动表达立场。他对战友说："别管他，那是我们的经验，不是他们的。"然后他回头对我说："你的道路是正确的，不要停下来。"

从那时起，我们建立了尊重彼此意见的关系，这种关系一直以讲道理为基础。因此，我作出留在中国的决定也不例外。

激浊扬清

1月25日上午，我脸书和微信上收到了许多信息。很多人告诉我，黎巴嫩驻华使馆领事部主任希望与我联系。看来是我前一天在脸书上的帖子已经激起了水花。

我的帖子带来许多正面的反馈，但也不乏坏消息。通过留言，我认识了许多居住在中国的黎巴嫩人，他们中的很多人生活在以贸易闻名的城市，例如广州和义乌。我还结实了一个黎巴嫩家庭，他们自2003年以来一直住在武汉。令人惊讶的是，我已经在这里生活了五年了，都不知道有一个黎巴嫩女孩嫁给了一个住在武汉的外籍男子，而女孩的父亲也在武汉。像我一样的许多黎巴嫩学生都联系不上使馆。

黎巴嫩驻华使馆领事部主任给我打来电话，我将我所知道的有关在武汉黎巴嫩人的所有细节都告诉了她，并且商讨了后续的解决办法。紧接着，黎巴嫩驻华大使也给我打电话，并向我确认了其他黎巴嫩人的健康状况。她问我："你病了吗？"她从我的声音中可以很明显地听出我似乎感冒了。我对她说："今天早上我感觉好像是生病了。不过问题不大，我会很快好起来的。"

她以外交官的言辞，责怪我在脸书上的帖子。但是我们一致认为，在此期间最重要的，是竭尽全力应对这场危机。值得庆幸的是，至少目前一切还算顺利。在使馆与我们取得联系之后，我在脸书上发表了一篇新帖子，告诉那些关注我们的人一切尚好。但是，黎巴嫩的许多媒体都只摘录了与事件有关的负面内容，以此来攻击大使所属的政党。这促使我再次发文澄清，表示我们的呼声已经得到响应，并且已经与使馆取得联系。我们断然拒绝以此为借口的任何政治攻击。

以下是我于1月25日在主页上发布的内容：

在武汉黎巴嫩人帖子的后续。

首先，今天我们与黎巴嫩驻华大使馆和使馆领事部主任取得了联系，并建立了紧急情况后续应对机制。

其次，留在武汉的黎巴嫩人数量并不多。到目前为止，我们每个人情况都还不错。武汉采取了非常严格的措施来应对疫情，我们和其他人一样，严格遵循官方要求。

我们祝愿中国政府在抗击疫情的斗争中一切顺利，早日胜利。

感谢所有打电话、留言、评论和转发的人。当然，我们也要感谢大使和领事部主任今天迅速地与我们进行沟通。不论先前的情况如何，我无意怪罪任何人。我之前的帖子只是意在唤起对滞留在武汉黎巴嫩公民的关注。

　　武汉加油！

特朗普：我们赞赏中国的透明度

每天早上（黎巴嫩时间下午），父亲都会给我发送有关他听到或读到的有关武汉的所有信息。他成为我主要的消息来源之一，他转发的大部分是西方对有关疫情的新闻报道。通过这些报道，我可以体会到中国境外的恐慌程度。在我看来，父亲的评论是人们对疫情整体反应的一个缩影。例如，当他得知两所收治新冠肺炎患者的专门医院已在武汉开工建设时，他感到十分乐观。尤其是当他听说医院将在十天内完工，更是重新激起了他年轻时对中国的热爱。他在电话中说："多么伟大的中国！"

为了振奋他激动的心情，我向他转发了详细的报道。"这是中国人工作的典范，"我告诉他，"这家医院是根据2003年北京抗击非典时建立的专门医院来设计规划的。非典疫情结束后，中国评估了应对疫情的经验，得出的结论是，这类医院将会成为未来战胜任何类似传染病的关键举措。

父亲听说这种疫情已经传播到许多国家，于是赶紧告诉我，"我看到了最新消息，马来西亚确诊1例，法国确诊3例，澳大利亚确诊 2 例……"。他还给我转发了美国总统特朗普 1 月 25 日在他的 Twitter 账户上发布的推文："中国正在尽力遏制新型冠状病毒，美国非常欣赏他们的努力和透明性。问题将会得到解决。我要特别代表美国人民感谢习主席。"

特朗普的推文发布前，中国国家主席习近平与包括特朗普在内的许多国家元首进行了联系。中国采取了一系列防疫措施，尤其是封闭武汉，从而有效控制了事态发展。基于我先前介绍的内容，中国已经将有关疫情的最新信息不断更新发送给世卫组织，并通过世卫组织传达给相关国家。

1 月 25 日，中国国家主席习近平主持中央政治局会议。那天恰逢中国农历新年，习近平做出了重要决定，宣布取消国内所有公共庆祝活动。北京的故宫和长城等主要旅游景点也都关闭了。这些措施表明中国官方充分认识到局势的严重性，官方的媒体声明中也并未隐瞒这一事实。习主席警告称，中国正面临着危险局势，有明确的信息表明新冠病毒正在迅速传播。同时，习主席也表达了中国战胜疫情的信心和决心。在这场战斗中，政府呼吁人们遵守防疫措施，避免恐慌。

疫情防控行动迅速覆盖了全国大部分地区，而不再仅仅是武汉。全国各地的大、中、小学假期延长，政府以及所有公共和私人机构都停止工作。居民被要求除非确有必要否则不要离开家门，出门时务必佩戴口罩。政府还建议公民取消出国旅行。在武汉，由于城市处于封城的孤立状态，所有先前预订的航班都被取消。

至于在封城之前离开武汉的人，需要遵守居家隔离规定。他们还将接受14天的医学隔离观察。政府追踪到前一段时间离开武汉的所有人。为此，中国充分利用了所有先进的科学手段，特别是大数据分析技术。然而这些行之有效的措施，却受到西方媒体的批评。《华尔街日报》认为使用大数据侵犯了公民的隐私。我想请问，人民的身体健康和隐私哪个更重要？生命安全是最重要的头等大事。对密切接触者和疑似病例实施医学隔离观察是控制疫情的有效措施。只有严格的防控措施，才能保障14亿中国人民的身体健康和生命安全。

莱拉告诉我，她在密切关注着还在中国的朋友们的状况。有关部门已经联系上了在武汉封城前一天晚上离开武汉去往西安的两位同学，他们本来准备从西安出发回到他们的国家。令人惊讶的是，中国的防疫医护人员登上火车，找到了他们，并要求他们在隔离房间内观察14天，每天监控体温。防疫人员告诉他们，之所以要求他们实施医学隔离观察是因为在去往西安的火车上有一个新冠肺炎确诊患者坐在他们附近。这是怎么做到的？！他们如何一一联系上这数以百万计的人员？他们甚至给那些已经离开中国的人都打了电话！

我们每天都在惊叹中国拥有的巨大潜力。如今，这些措施让困在武汉市内的我们有了安全感。中国的科技能力是用来为人民服务的。为了战胜疫情、保护人民利益，中国政府已经准备好采取一切措施。

这些措施减缓了疫情在湖北省（包括武汉）以外地区的传播。中国政府反应迅速，在所有城市中实施社会隔离和居家隔离政策，以切断病毒可能的传播途径。但是，所有这些措施都需要时间才能显现效果。

在这一天，即1月25日，关于从武汉撤离外国人的讨论开始增多。《华尔街日报》报道说："美国明天将撤离滞留武汉的美国公民和外交官。"还有人谈到约旦、日本和法国也将撤离他们的公民。这种说法在外国留学生中广泛流传，每个人都在询问彼此是否愿意撤离。但世卫组织发言人已经确认，没有必要从武汉撤侨，中国政府也是一样的态度。

我们则通过微信群，每天与黎巴嫩驻华使馆领事部主任联系。她告诉我们："我们一直都与在北京的其他阿拉伯大使馆保持联系，任何想离开武汉的黎巴嫩人，请尽快告诉我们。大使馆与所有阿拉伯国家，特别是约旦，有着良好的关系。因此，如果约旦的学生被撤离，我们可以保证，你们中间有谁想撤离，可以和他们一起走。"

那天，有一个黎巴嫩学生表示想离开，我的朋友纳伊姆则直接回答说他会留下。我没有回答，我想在做出任何决定之前先完成对局势的评估。

备战

随着疫情的迅速蔓延，我不断答复着社交网站上的提问。很多人都在关注武汉形势的最新进展。我开始越来越适应新的现实。实际上，我并没有感到自己处于孤立状态。时间过得很快，可以自由离开武汉的阶段已经结束，目前的选择仅剩撤侨一项。要作出留下的决定是非常困难的，我找不到理由。除非是这唯一的理由，否则这样的决定是没有道理的，那就是：我可以用我的方式为这场战斗作出贡献！

战斗中的阿拉伯之声

可是,我如何才能成为一名战士,我又有什么弹药呢?在中国的这场防疫战争中,我能扮演什么角色?我在思考之后,告诉自己,如果我能在这场防疫战斗中扮演某种角色,那就是发出我的声音。

我可以在现场用阿拉伯语将武汉正发生的事情传达给我们的阿拉伯世界。通过声音、图像和经过认真调查的准确信息,我可以成为"真新闻"的来源。在这场战斗中,就像在真实战争中一样,宣传战走上前台。自新冠肺炎疫情开始以来,出现了许多抹黑中国的宣传,尤其是美国及其少数盟友,利用疫情灾难污蔑并甩锅中国,以此来压制和破坏中国的政治稳定和经济发展。

事实上,我已经开始战斗了。在居家隔离的环境中,我只能扮演类似于战地记者的角色。我不是专职新闻记者,因此,我的弹药来源有一部分取自于敌人的宣传。我先将谣言记录在案,再一一揭穿,以防止谣言泛滥。

面对这一挑战,我告诫自己,我对新冠肺炎疫情的知识知之甚少，这意味着必须付出巨大的努力。无论是通过大学发送给我们的信息，还是通过我的后续搜索，我都已经获取了大量相关信息，但是这些还不够充分和系统。我开始了一项新的研究课题，这项研究持续了整个居家隔离时期。甚至后来，很多人以为我的专业是医学或生物学。

在危机时刻开辟一个新领域是一项艰巨的任务，但也是令人愉快的任务。我如饥似渴地坐在桌子前，扑进参考资料中，查看每条信息，包括那些虚构的、令人难以置信的谎言。我一一追踪这些信息的来源。短短几小时，我便发现我已经有了一些参加这场战争所需要的弹药。我可以留在武汉，投身于抗击疫情的前线了！

希望曲线

在居家隔离的第四天,我的日常生活终于在新的根据地安定了下来。学校要求所有学生通过宿舍群每天晚上七点准时报告自己的健康状况。如果有学生没有及时报告,宿舍工作人员会立即前往他的房间检查他的状况。对于那些住在大学以外的人来说,在规定的时间未报告,就等于拖延领取补助金的签字时间。若是连续两天不报告,就将剥夺他当月的奖学金。忘了告诉大家,我每年都有专门的博士奖学金,在每月出勤记录上签字是领取奖学金的常规程序。

我们每天都报告什么呢?报告的主要内容是体温。学校通知我们,在联系外国学生办公室之前,不要自行前往医院。在封锁的第一个晚上,两位巴基斯坦和伊拉克同学在发烧后就去了医院。当时,武汉医院挤满了人,这是最容易交叉传染的地方。特别是,那天晚上人们处在巨大的震惊和恐惧中,而医院也没有能力接收如此大量的患者。我大声疾呼,请不要忘记:我们在中国。

两位同学在微信里叙述了他们的情况。伊拉克同学说,他发现自己的体温为37.5度，然后去了医院。当他到达医院时，与一大群人在一个房间里等了四个小时，其中有些人有明显的感染症状，例如干咳。当护士让他进里面等待的时候，他坐不住了，要求立即离开，因为他的体温只有37度。在完成身份信息验证、取拭子、采样等流程后，他回到了大学。巴基斯坦同学叙述的情况大体相似。

从那天晚上开始，我们约定，除非有一整天的明显症状，否则我们都避免去医院。随后，政府进行了同样的宣传。此后不久，政府医疗队评估了疑似病人的状况之后，收紧了接诊程序，并派遣专门的医疗队将疑似病人送往专门医院隔离观察。

在新的日常工作中，我开始收集有关武汉、中国和国际上感染、死亡和治愈病例数的数据。那时，世界上大多数感染者都集中在武汉。截至武汉封城当日零时，国内累计报告571例确诊病例和17例死亡病例。在世界其他地区也出现确诊病例，其中美国有1例。

我目不转睛盯着手机，有时甚至只睁着一只眼睛，直到睡着。我手机上一直运行着中文搜索引擎"百度"，该程序每天都会提供中国国家卫生健康委员会发布的数据，看到后我就将信息保存。然后，我再去填写学校的日常健康状况报告表。

每天起床时，我要做的第一件事就是将这些信息输入计算机。我在自建表格中监视数据的动态过程。这不是一个简单的环节，而是通过分析感染的路径和产生的影响,从而推算我们是在走向胜利,还是相反的方向。我每天跟进更新这些数字和表格,目的是亲手绘制一张曲线图。

我已经了解到,控制疫情的有效解决方案就是居家隔离。隔离将切断病毒传播链。按这次流行病学调查统计,新冠病毒潜伏期为 14 天。数据曲线可以清晰地反映发展趋势。

新冠病毒需要与人接触才能传播。如果完全实现居家隔离,那么每日受感染的确诊病例数量应该会逐步减少,确诊病例数量的图形曲线将呈下降趋势。当然,这种情况只是理论上可能的。任何违反隔离的行为都将影响曲线下降的可能性。届时,图表上恐将是一条灾难性的持续上升曲线。

这是一种科学的方法,可以验证中国官方机构发布的数据的真实性。因此,作为实施隔离的结果,这些数据应该与预期路径一致,才足以说明这些数据是正确的。

当然,无需谈论死亡率和治愈率,因为其他因素决定了它们。医务人员的业务能力、医院的收治能力、在康复过程中的治疗方法和有效药物的提供,都对治愈过程有重要影响。

这对我来说一目了然,因为这正是我的研究领域:根据数据反推现象。同时,我还通过分析这些数字来评估政府措施的有效性。因此,这是对当前情况的分析以及对下一步发展进行推断的最有效的研究方法之一。这些结论是通过这些数据图表来完成推断的。

我将一个个数字转化为图表。我每天都在看着它，我所关心的只是图形的形状，无论它是何种曲线。封城的效果应该在2月中旬开始体现。我已能够大体确定病例的感染日期。例如，如果我们谈论的是1月20日报告的病例，那么预计这些病例是在14天潜伏期之前的1月6日感染的。直到现在，我一直将这幅曲线图悬挂在房间里，并称之为"希望曲线"。

钟南山

　　在中国，要想了解新冠病毒肺炎的情况，离不开一个叫"钟南山"的人。他的名字每天都会在"百度"中出现。

　　我并不精通中文，但还可以"自己救自己"。在这个人的名字里，最后一个字是"山"。每当我看着他的照片时，就会注意到他那令人刻骨铭心的体貌特征。我总是说，这个人看上去像一座山。

　　我保存了他的照片，并将其发送给梅。我问她："这个人是谁？""你不认识他吗？"她惊奇地反问，"他是中国最杰出的呼吸病学专家钟南山，他带领中国在2003年抗击非典的斗争中取得了胜利。他受到中国人的敬重，每个人都尊重他，他是我们的民族英雄。"然后她补充说："他很坚强，他什么都不怕，所有官员都尊重他并接受他的意见。2003年，当他证实了非典病毒的存在，就立即向有关方面和人民报告。他在中国乃至世界上都赢得了很高的声誉。他今年已经83岁了。""83岁？"她看出了我的惊讶："是的，他每天都参加三个小时的体育运动。"她接着说，"他一周前在武汉。我曾经告诉过你，他来这里了，你还记得吗？"

"对,我记得,那是我刚来南湖这边,我们通过电话。"我确实没有记错。据我了解,中国人现在防控疫情使用的方法,就是来自这座"山"。

于是,我请梅将钟南山采取的所有措施建议都发给我,特别是他针对武汉所提出的方案。梅发来一些关于他的报道,其中最重要的是他1月18日在武汉发表的谈话。他对当时

▲2020年9月8日,在全国抗击新冠肺炎疫情表彰大会上,钟南山因其在抗击新冠肺炎疫情斗争中作出的杰出贡献被授予共和国勋章。(图片来源:新华社)

的情况进行了准确的判断。梅还发来一个新闻发布会链接,当时钟南山在武汉停留一天后,又去了北京举行发布会。

钟南山在访问武汉时,检查了多家医院,并与医务人员举行了多次会议。他仔细查看了现有的报告,然后在医院门口对在场的有关人员说:"在看到所有必要的报告之后,我确信这种病是存在人传人的。"在北京,钟南山在会见国家卫生健康委员会领导时也

重复了同样的话。这在当时是一个非常重要的信息,在那之前,人们尚未解答病毒是否在人与人之间具有传染性这个最根本问题。回到世界卫生组织的报告,这份报告是在钟南山确认之前六天发布的,报告反复表明没有证据证明该病毒可以在人与人之间传播。最终,钟南山的声明结束了这一争议。后来事件的发展证明了他的话是正确的。

中国工程院院士是中国工程科学技术方面的最高学术称号,人民和政府对他抱有信心,这也使他成为国家卫健委高级别专家组组长的合适人选。此后,他与香港最重要的微生物学家之一、同为工程院院士的袁国勇召开远程会议。袁国勇先前曾致力于生产抗 MERS 病毒的药物。MERS 病毒主要出现在中东尤其是沙特阿拉伯,同样来自冠状病毒家族,被命名为"中东呼吸综合征冠状病毒"。

钟南山说,中国政府充分考虑了人民的利益,"中国官员在处理武汉疫情方面是透明的,香港的袁国勇教授也肯定了这一点。证据表明,北京没有隐瞒任何信息"。显然,他是在用自己的信誉来担保人传人的结论。在他的发言中,最重要的信息如下:"在第一阶段,新型冠状病毒是从动物传播到人类的,而现在我们已经处在第二阶段,新冠病毒开始在人类之间传播。"

我们需要知道的事

在阅读世界卫生组织的报告时，我做了两个标注。第一个是病毒是否在人与人之间传播，现在钟南山已经回答了我。第二个是中国分享了新冠病毒的基因组序列。由于我想要从包括政治方面在内的所有角度审视问题，所以我想更深入地探讨钟南山先前提到的问题——"北京没有隐瞒任何信息"。这也是我自己的观点，可我们该如何进一步确认呢？

我回到搜索引擎，输入"新冠病毒的基因组序列"。2020年1月22日，著名的《自然》杂志发表了一篇题为"中国冠状病毒：科学家面临的6个问题"的文章。但是在后来发表的阿拉伯文版本中，标题被修改为"关于新冠病毒，科学家想知道些什么？"。我认为，更改标题的原因是，科学界拒绝将任何病毒的出现与特定国家或种族联系起来，这依据的是世界卫生组织在2015年发布的相关指南。随后，《自然》杂志在2020年4月7日的社论中正式对之前的错误表示歉意。

这篇文章足以使我更好地了解该病毒。杂志收集了科学家提出的紧迫问题，对于像我这样的非专业人士来说，这已经足够了。我能够从这些问题的答案中，为我的研究打下坚实的基础，从而使我能够在这些问题的基础上进一步加深对病毒正确应对办法的理解。

问题和解答

科学家认为,当前最紧迫的一个问题是搞清楚病毒如何传播。至于答案,正如我之前提到的,根据中国官方的确认,这种病毒存在人传人。

从这个答案出发,我们又面临一个与此相关的新问题,那就是最终可能感染的人数。根据《自然》杂志文章分析,"如果感染系数,也就是一个人能传染的平均人数超过1,则意味着必须采取诸如隔离等措施来遏制病毒的传播。"这一结论证实了武汉市封城决定的正确性。新冠肺炎的感染系数在1.5到2.5之间,无论如何都高于1。

我们可以将现在的情况和之前出现的传染病做一个对比。例如,在美国2009年大流行的甲型H1N1流感,其感染系数与新冠肺炎接近,但美国的所有城市都没有采取任何限制措施。医学界认为,这是造成甲型H1N1流感广泛传播的主要原因,最终导致全世界约10亿人被感染。尽管甲型H1N1流感不是致命的病毒,其死亡率(0.02%)与新冠病毒(3.4%)相比也较低,但如果在开始传播时就采取隔离措施，就可以有效减少感染数量，遏制病毒的传播。根据美国疾病控制与预防中心（CDC）的估计，在甲型H1N1流感传播的第一年，全世界有15.2—57.5万人死亡，80%的死者年龄不到65岁。

《自然》杂志文章提出的其他重要问题包括：感染了病毒但没有症状的人，是否会将病毒传播给其他人？这类传播的范围有多大？

尽管中国和其他国家对此进行了广泛的研究，但截至文章发表之日，这一问题尚无确切答案。根据《自然》杂志的另一份报告，仅在2020年1月，《自然》《柳叶刀》（Lancet）等重要的科学期刊至少发表了54篇相关英文研究论文，而中文科学期刊也发表了23篇相关研究论文。这是一个非常大的数字，表明科学界正在以高效且迅速的方式了解病毒的传播方式和控制方法。

回到问题所在，《柳叶刀》于2020年1月24日发表的一份报告指出，在对中国某城市一个家庭中的六个感染者进行研究后发现，有一个孩子感染了新冠病毒，但没有任何症状。

当时许多人非常关注，感染新冠病毒是否会很快死亡？换句话说，这种病毒的毒性如何？《柳叶刀》的研究解答了这个问题，根据中国提供的数据，科学家得出的结论是，新冠肺炎死亡率低于非典，而非典的死亡率为10%。但是，伦敦皇家学院流行病专家尼尔·弗格森通过数学模型发现，现在"对病毒的严重性保持乐观还为时过早"。

这个研究的重要性在于，必须尽早提出这些问题，并给出答案，即使是初步的答案，也能帮助中国以及世界各国应对这种病毒。

病毒是从哪里来的？就这个问题，后来各方出现巨大分歧，尤其是在被称为"病毒政治化"过程之后。1月初，科学家出于纯科学目的提出了这个问题。研究人员认为，确定病毒的来源有助于控制当前的疫情暴发，确定风险的大小，还可能预测未来的流行趋势。

如果不知道新冠病毒的基因序列，得出这个问题的准确答案是不可能的。这就是中国在1月12日公布的内容，如钟南山所说，"北京没有隐瞒任何信息"。因此，中国公布病毒基因序列的人就像是在将其掌握的所有信息和盘托出。中国提供的信息可以用来研究几乎所有问题，包括病毒是什么时候出现的，病毒是从哪里来的。基因序列发表后，中国还能否隐藏信息或误导世界？根据中国科学家的说法，答案是否定的。因为在基因序列公布后，科学家们所需要的信息已经全部公开，除非有人刻意误导，否则中国无法隐瞒任何事情。

通过这种基因序列，科学家确定该病毒属于在蝙蝠中传播的冠状病毒家族，包括SARS病毒及其同族的病毒。但是，其他哺乳动物也可能传播这些病毒。

为了强调扩展基因组测序的重要性，文章提出了另一个问题，我们如何从病毒的基因序列中受益？美国华盛顿州西雅图弗雷德·哈钦森癌症研究中心的进化遗传学家特雷弗·贝德福德说，"它为病毒的起源和传播提供了一些线索，这很好"。

根据《自然》杂志的报道，贝德福德和其他遗传学家正在使用这些数据来推断病毒出现的最早日期，结果表明病毒可能首次出现于2019年11月。这将首次使世界上任何人都可以将这个日期与中国最早报告病毒出现的日期进行比较。中国于2019年12月27日报告了首例新冠肺炎病例，也就是在发现第一例不明原因肺炎病例（即12月8日）后的第19天，离科学家估计的最早日期不到一个月。基于这些数据，可以得出结论：中国从未瞒报，因为从第一次感染到第一次报告经历二十天是很自然的，任何国家都需要时间来判断这些病例是否源于一种新的病毒。因此，中国不可能隐藏病毒出现的信息。

疫苗出现了？

在我阅读这篇研究文章的同一天，中国国家卫健委召开新闻发布会，有关负责人作了发言。会后，一些新闻机构发布新闻，称中国已找到一种控制病毒的药物。我的父亲也给我发了祝贺的语音信息，社交媒体对此非常关注。

纳伊姆在武汉黎巴嫩人社交媒体小组的主页上评论说："我听说，中国卫生部门已经找到治疗新冠肺炎的方法，准备在接下来的几个小时内开始推广特效药……我不知道这个消息是否属实。"我怀疑地问："这个消息是否仅在黎巴嫩出现？"另一名黎巴嫩人说："如果特效药消息属实，那么毫无疑问，政府将免费分发。这可能是一种疫苗。"我说："希望如此。"纳伊姆补充说："我认为它与HIV疫苗相类似，只是稍有不同。"

我几乎可以肯定这个消息是不正确的，因为在消息出现之前，我刚刚阅读完一项研究，称不可能如此迅速地生产出疫苗。该研究提出的核心问题是，可以开发出治疗新冠肺炎的药物吗？答案是有可能，但需要时间。中国医学专家正在为此而努力。我找到纳伊姆发布的信息，上面说根据中国国家卫生健康委员会1月27日发布的声明，一款抗艾滋病药物在新冠肺炎临床治疗中取得效果，这是国家卫健委《新型冠状病毒感染的肺炎诊疗方案（试行第三版）》中推荐的治疗方式。据称，中国已批准将其用于艾滋病毒治疗的洛匹那韦/利托那韦在几所医院开展临床试验，用于治疗新冠病毒感染的肺炎患者。

我不会离开武汉

由于个人原因,纳伊姆以及那个居住在武汉的黎巴嫩女孩决定留在武汉。至于我,尽管我暗下决心留下,但我一直没有给出最终答案。因为所有关于撤侨的讨论仍都是猜测。

1月26日晚,黎巴嫩驻华使馆领事部主任告诉我们,中国外交部邀请所有在北京的外国使馆开会,详细说明他们正在采取的措施。领事部主任估计,中国将帮助解决黎巴嫩从武汉撤侨的问题。因此,他与我们这些在武汉的黎巴嫩人提前进行沟通,承诺会议结束后会尽快通知我们。

1月27日,这已经是我隔离的第五天。早上,我父亲发来信息:"从今日俄罗斯频道到灯塔电视台,所有新闻媒体都在报道,中国已获得治疗方案。你知道哪些新情况呢?愿真主保佑,有空尽快回复我。"他仍然坚持关注关于特效药的消息,他不想接受那些不好的信息。

我说:"今天中国总理来武汉了。黎巴嫩驻华使馆也参加了中国外交部举行的会议。"

"总理到武汉了吗？"他兴奋地说，"他们应该确切地知道国家面临的局势。他们没有对治疗说什么吗？"

"黎巴嫩大使馆告诉我们，约旦将撤离其国民，我们可以和他们一起去，但是那些离开武汉的人必须在约旦一家医院隔离两个星期。但是，这件事尚未得到证实，有待中国人的批准。"

我父亲说："对，我听说约旦人、法国人和美国人将派遣飞机撤离其国民。你怎么样，还好吗？"我告诉他，我的处境稳定，"所有人都待在家里，我们只是在有必要时才外出，比如购买食物或其他必需品"。

我不得不多次周旋，因为我不想让他们担心。他问我吃什么，问我房间里是否有人陪我。父亲一直以为我还住在大学宿舍里，我没有告诉他们我在大学外面住，以免加重他们的焦虑感。他继续问我，"你和黎巴嫩人在一起吗？身边有没有阿拉伯学生？有没有法国朋友？"他想确保我不是唯一一个作出这个疯狂决定的人。

由于法国是黎巴嫩的前宗主国，所以在我们的思维里，法国人通常会作出正确的选择，我们也常常参照他们的做法。我回答说："没有看到法国人，因为我们都在自己房间里。我的一个约旦籍巴勒斯坦朋友纳迪亚还在。至于我的孟加拉国邻居，他在不久前就回到了他的国家。"

今天早上，我确实联系了纳迪亚，向她询问了约旦的撤侨情况。她向我确认，约旦使馆正在为此做准备，并要求他们收拾好自己的物品。尽管我知道她本不打算走,更愿意留下来,但她担心自己的决定会导致整个撤离工作取消,从而影响年轻人与父母团聚的机会,此刻他们可能正处于恐惧和焦虑的状态。

而我已经下定决心了,我不会离开武汉。在这场战斗面前,我已经全副武装,这是我的战争,也是全人类的战争。武汉人民注定要站在这场战争的前线。我需要了解各种情况,对我来说,我愿穷尽一切与疫情有关的知识,我每天都在努力研究学习这些知识。就我所掌握的信息,中国有能力防控好这次疫情,中国在科学、政治、医学、经济等各个层面都作出了巨大的努力,当然也受到广大人民群众的肯定。因此,我们正在根据经验丰富的科学家制定的计划前进,并且正在为执行计划注入巨大的能量。与我并肩作战的人中,也包括那些全力以赴投身于防控疫情的工作人员和医务人员。

使馆与外交部的会议

我父亲发给我一条语音。他犹豫地说:"黎巴嫩使馆与约旦协调好的话,你会和他们一起返回吗?"我回答说:"我不信任我们的国家。事实上,即使我感染了新冠肺炎,他们也不知道如何治疗。这里的中国人更有经验。最重要的是,我是从"门"进入中国的,我不会从"窗户"走出去。除非有以下两种情况,我才会离开武汉。第一种情况是,如果中国人说外国人都应该离开。第二种情况是,当这座城市重新开放并恢复其自然状态,我一到机场,便可以乘飞机自然地离开。撤侨是由于一些西方国家施加的政治压力,企图歪曲和毁坏中国的形象,他们说中国无法控制新冠肺炎疫情。当我决定留下来之后,我是出于一种政治立场,而不仅仅是健康考虑。"

父亲回复说,"好吧,儿子,照顾好自己,做好预防措施,戴上口罩,乖乖地居家隔离。"

我在武汉黎巴嫩人社交媒体小组的主页上做了一些有关撤离过程及其附带条件的说明,特别是中国要求所有被撤离的人在到达第一地点时，都必须隔离 14 天。因此，如果将黎巴嫩人与任何其他国家的国民一起撤离，则意味着我们将在第三国隔离。这是中国采取的严格措施之一，防止新冠肺炎疫情在武汉乃至世界传播。这也是中国迟迟未同意美国撤侨要求的原因。

我还写道，如果我万一感染了新冠肺炎，我宁愿留在中国接受治疗。

黎巴嫩驻华使馆领事部主任评论了我的内容："抱歉迟复，我是黎巴嫩驻华使馆领事部主任，我已经在中国的黎巴嫩人小组主页上解释了事情的原委。"他指的那个小组包括来自中国各个城市的约 200 名黎巴嫩人。"事实上你是 100% 正确的，这种情况下不能撤离。我已经解释了中国政府的措施，无需撤离或惊慌，而且新冠肺炎疑似病例或确诊病例最好是在原地治疗。中国专家小组能够控制住疫情。"

这是我们从黎巴嫩大使馆收到的第一条官方评论。对于我们来说，收到这些信息是非常重要的，对于居住在其他城市的黎巴嫩人来说这些信息也很珍贵，即便目前他们尚未受到新冠肺炎疫情传播的威胁。

领事部主任在群里还发了一条语音信息，总结了他参加的外交使节与中国外交部会晤的内容。他说："有一百多人参加这次会议。这是一个漫长的会议，持续了四个多小时。"他接着说，中国方面向他们解释了自新冠肺炎疫情暴发以来他们所做的一切努力，包括封城、分配医疗队以及动员军队等措施。他们还介绍了中国防控疫情的策略，主要有两个重点：第一，尽管新冠肺炎确诊病例有所增加，但是疫情正在得到控制，因此无需惊慌；第二，预防是迄今为止最有效的防控方法。最重要措施是戴口罩，多待在家里，注意个人卫生，不要与活体动物接触。

关于从武汉撤侨，他说，中国方面"不建议或不鼓励仓促撤离，因为将人员限制在一个地方，更易于控制疫情发展"。至于那些坚持撤侨的三四个国家，中方会根据国际惯例为这些国家提供必要协助和便利，因为中方无意限制他们的自由。领事部主任还说道，"除此之外，中国用宣传普及的方法来控制局势，得到了世界卫生组织的赞扬。中国采取的每一步措施，都会与世界卫生组织进行磋商。外交部很有信心地向我们保证，在中国特别是在武汉的外国人没有危险，他们对待中国人和外国人一视同仁。他们还为我们提供了必要时拨打的热线电话。"随后，领事部主任在主页上写下号码。

这次会议的重要性在于，把中国政府正在思考和正在做的事情，全部摆在我们面前。这次会议在政治层面上也极为重要，因为这是武汉封城后的第一次国际会议，而且是在大多数驻华使馆在场的情况下举行的。因此，世界其他地区能够从中国的经验中提早受益。当时，大部分新冠肺炎确诊病例仍集中在中国武汉，会议当天，中国报告新增确诊病例1771例，其中湖北新增1291

例，武汉新增892例。在国际上，截至1月27日有37例感染者，包括美国的5例，其余大部分感染者分布在东亚地区，尤其是日本、韩国和新加坡。

第五天

我在我的脸书主页上发布了关于武汉的第一条帖子,这段文字宣告了我在"为人类而战"战役中的立场。帖子的标题为《第五天》,全文内容摘录如下。

第五天

武汉已经连续五天处于封城禁令之下。当新型冠状病毒在城市传播后,中国政府决定完全关闭城市,以防止病毒在城市外传播。特别是,当前中国正处于春节假期,数百万城市居民按惯例都会回到乡村的老家。

我曾经有过战争经历,包括2006年的黎巴嫩内战和2015年的叙利亚战争。当时,我们知道敌人来自哪里,我们警惕地等待着突袭和轰炸。随着战争的开始,人们开始储存食物,储存燃料,贪婪的商人提高并垄断了价格。道路空无一人,整个城市变成了死城。困难的生活开始了。

在武汉,这是另外一场战争,一场比我所经历的还要激烈的战争。在这场战争中,我们并不完全知道敌人是谁。最好的预防方法是待在房间里，没有紧急情况不要外出。

同时，武汉还正在进行着另一场激烈的生存物资战争。因为国家力量强势出击，这里现在不缺少基本食品，物价平稳，主要的商业机构仍在营业，每天保证食物供给。

作为住在这里的外国留学生，对我来说最重要的是，这里让我感觉自己是这个国家的公民。的确，我得到了特别的照顾。大学每天根据指示，通过学生事务办公室、部门负责人或大学住宿办公室与我们联系。当整个城市被封闭时，我们很快收到了口罩。一些大学已开始将学生的食物、饮料和所有必需品送到他们的房间，以确保他们的安全。

我们被要求，除非必要不得外出。到目前为止，我们只外出采购食物。当然，不戴口罩严禁出门。但是，没有人会阻止我们出门。尤其是有很多学生住在大学宿舍之外，因此学校会定期提供物资，满足他们的需求。

▲居家隔离期间，小区志愿者给阿德汉送来有政府补贴价格的食物。图片摄于2020年3月21日。（图片来源：作者）

在武汉，生活不像往日那样正常，城市陷入困顿之中。我住在这个城市生活已经有五年了，可以说每天都有不同，生活日新月异。今天我却只能伤心地看着她，看着她为人类而战。

是的，我们好像正在看一部电影，里面有真正的血肉英雄。一所规模宏大的方舱医院将在十天内建成，这一消息已经传开了。但是，与此处发生的情况相比，这只算是一个简单的成就。生活改变了正常轨道，但是城市系统继续存在，一切都按计划进行。这就是战斗的方式，各方面协调一致，人们完全及时地遵守指示。医生发挥着创造力，工人继续履行职责。今天早上，环卫工人像往日一样清扫街道，在街上给树浇水，清理垃圾。政府也在履行职责，全体中国人民都在支持武汉。在这场战斗中，外国学生与武汉人民在一起并肩战斗。

我为我们的处境感到忧伤，我们的生命处于危险之中；我为这个城市及其人民感到忧伤，正是由于他们的帮助和支持我才能顺利完成学业。我很荣幸，能与那些既不漠视也不歧视我们的人们共同参与这场战斗。善于战斗、勇于战斗和遵守秩序的人终将赢得最后的胜利。

坚决支持武汉和中国！

武汉加油！

中国加油！

武汉加油！

晚上很冷。现在是冬天，没有下雨。武汉夏天的雨比冬天多。这座城市已经完全陷入寂静，我也锁上了窗户，外面没有喇叭声，也没有人群。安静得让人可以听到外面最细小的声音。

我坐在卧室里，桌子上面摆放着一台笔记本电脑。我本想做与大学课程有关的研究，但我无法集中精力。突然，我听到一声喊叫。我径直奔向俯瞰游泳池花园的阳台，但什么也没看见。我跑到另一侧靠近主路的阳台，从那里可以看到其余的公寓楼。越靠近阳台，尖叫声越大。我不清楚发生了什么，或许在封城五天后，有的人憋不住了，开始发脾气和尖叫。

我打开阳台的门，冷空气迎面而来。最近我从没打开过这个门，因为怕感冒。杂乱无章的声音传到我的耳朵里。令我惊讶的是，我看见隔壁的一家人，老老少少在阳台上大笑。真的！他们在笑！我还以为他们在哭泣，尤其是孩子们，但是……他们在笑！毗邻的综合大楼和高层建筑里传出了巨大的叫喊声。有人在喊"武汉加油！"，数百甚至数千人回应他们："武汉加油！"

我也跟着他们充满喜悦和兴奋地尖叫着。我突然感到血脉偾张，这是一种难以形容的感觉，我想大声喊叫。人们在隔离房屋的门廊中互相鼓励。有了声音，人们感到像是在见面。这对人类来说是一个庄严的景象，他们意识到，自己和国家处于极大的困境中，但是远方正在伸出援手。他们曾经对彼此，对他们受难的城市，以及对他们的国家说过：只要我们所有人团结一致，我们就不孤单。

人们还在高呼鼓励着彼此。后来我从社交网站上的评论中了解到，人们经历着非常艰难和微妙的时期，要么站起来开始抵御病魔，

▼夜幕降临，湖北武汉不少建筑点亮了景观灯，为武汉加油。图为3月15日晚拍摄的武汉市江汉区西北湖附近高层建筑外墙打出"武汉必胜""中国必胜"字样。（图片来源：新华社）

要么就选择崩溃，那一切就都崩溃了。

我没有拍摄到那个重要的时刻，但是我在社交网站上发现了很多相关视频，于是我分享了它们。我自己没有拍摄，是因为我的拍摄水平实在有限。我不太会拍照片，更别提是录制视频了。

我在脸书网页上分享了"武汉加油"的视频后，数百人分享了该视频。一位埃及姑娘在评论中说："这是什么？他们还好吗？"我不明白她的意思，直到后来我才知道，这段视频在脸书上发布后，其真实含义被歪曲，人们还以为他们在那里表达负面的声音，以为他们在恳求国际社会，摆脱"中国当局施加的限制"！这怎么能行？为了避免造成的误读，我之后发布的视频都带上了正确的字幕。我当时没意识到，这是我在反对谣言和错误信息方面作出的第一项贡献。

"疫情是魔鬼"

与大多数国家领导人不同,中国国家主席自己很少公开发表声明。尽管正如他自己之前描述的那样,这是一个危险和困难的阶段,但他还是很少公开演讲,即便有讲话也非常简短。

封城的第六天(1月28日),世卫组织负责人谭德塞(Tedros Adhanom Ghebreyesus)访问北京,并与中方高级政治和卫生官员举行了会见。中国国家主席习近平描述了中国当前面对敌人的凶猛程度,称疫情是"魔鬼"。

我父亲发来信息说:"我的儿子,所有人都在离开武汉。我知道你很坚强,并且可以正确地应对局势。但是,我的儿子,中国国家主席都将这种病毒描述为魔鬼了。他的讲话透露出的信息是,疫情已经无法控制了。"他对习近平主席的讲话也很关注。习主席四天内第二次发表此类声明,表明新冠病毒比以前的任何病毒都更加危险。显然,中国希望世界清楚地听到其信息。

新闻媒体已经开始打电话联系我了。这要归功于我的脸书评论,而且在武汉精通国际语言的外国人也很少。我一天接受了七次采访。媒体普遍关心的是目前武汉的真实情况，因为网络水军发布了关于武汉的大量谣言。在所有的采访中，我都强调说，这场战争不仅是中国的战斗，也是人类的战斗。已有的大量信息显示，新冠病毒正在迅速传播，对医疗资源造成巨大压力，从而可能使疫情失去控制。因此，中国采取的措施，先是关闭武汉市，然后关闭整个湖北省，这将大大减少疫情的传播，留给其他国家足够的时间做准备。如果有人没经过核酸检测及相应的诊断就出国的话，病毒就会传播到国外。所以我认为习近平主席的讲话是对世界的明确警告，提醒人类要为危险的到来做好准备。

我向父亲解释说，习近平主席的讲话意在客观地向世界传达信息，"我们正在尽力而为，但是这种病毒本身是危险的。注意起来，采取行动吧。"我补充说，当时世界卫生组织总干事在中国表示，不建议外国人撤离，中国总理也对此给予肯定。我坚信，尽管世界卫生组织和中国科学家提出了中国在此问题上的建议，少数国家仍坚持撤侨。他们更多的是基于政治目的，而不是出于健康原因。

我对父亲说："我在家待着，我不出门。这既是为了我的健康，也是为了你们的健康，最重要的是我想在这场战斗中成为一名战士！"

黎巴嫩的危机

更多的媒体开始联系我,尤其是黎巴嫩的网站、报纸和电视台,他们问我在武汉的黎巴嫩人是否返回。尽管我以前曾发声明澄清过关于黎巴嫩大使馆的情况,但一些媒体坚持要炒作这个问题。因此,我有责任发表新的声明,以使自己心安。我坚决反对出于恶意的政治目的曲解我的言论。

在黎巴嫩,许多人都有恶意的政治目的。我们总是刚摆脱一个危机,就陷入另一个更大危机。内战结束后,黎巴嫩在国际解决方案的基础上,建立了教派分权的政治体系。新的政治经济体制延续着战争的悲剧。此后,每年都有成千上万的黎巴嫩年轻人移居国外,寻求知识和工作。之前父母在战火中失去他们的子女,如今父母在使馆门前与他们的子女离别。

黎巴嫩的经济模式成为政治的附属,赖以生存的资源为宗派政治体系提供动力。黎巴嫩出口什么?黎巴嫩出口受过教育的青年。用叛逆的共产主义艺术家、雄辩而愤世嫉俗的批评家齐亚德·拉赫巴尼(Ziad Rahbani)的话说,他们成了主要出口原料。

有人会问,这是人口交易吗?不,这更加阴险。教派分权使黎巴嫩人在国内看不到发展前景,被迫选择出国工作。当然,人们会把钱寄给黎巴嫩的家人,这确实是主要的财政来源。但是这笔钱花在了消费上,而没有把钱花在生产项目上。侨汇还帮助经济减少了进口赤字,但同时没有出口等值的东西。由于黎巴嫩几乎没有制造业,进口通常以外币进行,于是外汇在进口的过程中再次流出。由于我们不出口任何东西,因此最理想的解决方案就是出口熟练劳动力。

只有两个领域能从中受益:黎巴嫩的银行业和房地产业。他们获得了可观的利润,而黎巴嫩大多数人的经济状况正在下降到贫困线边缘。根据研究,就收入和财富分配不平等而言,黎巴嫩是世界上情况最糟糕的国家之一。此外,还有掠夺黎巴嫩人财富的另一种方式,即公共债务。黎巴嫩在公共债务与 GDP 的比例方面位居全球榜首。战争结束后,政府开始向银行和富人借款,他们与政府绑定成为新的利益集团。

这些危机的累积在过去十年中导致了许多群众运动,其中最大的一次是在 2019 年 10 月。这种起义以各种方式一直持续到现在,结果导致了黎巴嫩政府的辞职。

但是,政府的更替从来都不会带来黎巴嫩经济模式的改变。这场起义缘于黎巴嫩的经济崩溃。黎巴嫩镑兑美元汇率固定,每年为了维持其应得的价值而花费了数亿美元的资金。在过去的几年中，黎巴嫩建立了所谓的金融工程，实际上却是对公共资金的有组织掠夺，以及财富从最贫穷者到最富有者的重新分配。在黎巴嫩的体系中这并不奇怪，权力集体代表着富人的力量，他们拼命地捍卫富人的利益，直到最后一口气。

然而黎巴嫩人并不清楚这一切，因为当局总是在宗派政治的基础上让民众互相争斗，以防止他们在真正的敌人——即政府面前团结一致。因此，你会看到许多黎巴嫩人崇拜一位掠夺他们并使他们贫穷的领导人，当你对他说："兄弟，他偷走了你的财富。"他会回答说："不，他没有收入，其他人才是小偷。"因此，这陷入了一个恶性循环，当统治者之间分配利益遭遇危机时，危机就会传导到民众，人民就会陷入一场内战。然后他们又会再次和解，人民则成为唯一的受害者。

除此以外，黎巴嫩政治还有另一个重要特点，即黎巴嫩是一个与犹太复国主义敌人（译者注：即以色列）处于冲突状态的国家。这是一种永久性的冲突，是每个时期都可能导致战争爆发的紧张局势，就像在2006年发生的那样。然而，黎巴嫩人在抵抗犹太复国主义敌人的立场上长期存在分歧，甚至关于他们是否是敌人都存在争议。在黎巴嫩历史的某个时期，一些黎巴嫩人甚至为犹太复国主义者工作，讽刺的是，他们中的一些人现在又成了黎巴嫩统治集团的一员。

于是，我在社交媒体上再次作出必要的澄清。

2020 年 1 月 29 日。

几天前,我发了一个帖子,要求黎巴嫩当局与在武汉的我们联系。当时,也就是 5 天前,武汉被完全封闭,帖子引起了轩然大波。

在此,我愿再次澄清以下内容。在我发帖后的第二天,黎巴嫩驻华大使馆与我们取得了联系。此后,我们每天都与使馆领事部保持联系,并通过领事部与大使保持联系。

我向每个看到帖子后向我们表达关心的朋友表示感谢,我愿再次确认,黎巴嫩驻华大使馆也看到了那篇帖子,并且与我们每天保持联系。

请大家放心,武汉现有 4 名黎巴嫩学生,他们都很好,身体都无恙。大家无需惊慌恐惧,我们时刻关注着局势发展,相信中国能够控制住疫情。

我们希望这场危机很快结束。

我希望大家多多转发这篇帖子,尤其是那些之前转发过我帖子的朋友们。

武汉加油!

武汉街头（一）

我出现了轻微的感冒症状。为了保护自己免受疾病侵扰，我开始喝加姜汁的热水，每天要喝超过 3 升。我从来没有离开过热水杯。平时，即使是在这次生病之前和在疫情之前，我大部分时间也都习惯喝热水。在中国，有一个外国人开的玩笑说，"如果你有任何疾病，中国人都会建议你多喝热水"。中国人离不开保温杯，并且将热水和其他材料（例如草药和干花）放入其中。他们每天都会喝很多杯热水。在过去的五年中，我也养成了这种健康的习惯。回到黎巴嫩后，我有一天早上喝了一杯热水，在场的人都大为吃惊。

我努力地对抗着感冒，特别是我不知道这是普通感冒还是新冠肺炎的症状。还好我的体温正常，算是给我吃了一颗定心丸。在此期间，为了避免引起家人的焦虑，我不再发送语音消息，以免让他们察觉到我感冒了。

封城第一天我储备了很多饮用水，但是这几天大量饮水耗尽了我的储备。我不得不出去买水。如果没有水，我一分钟也活不了。

第二章 世纪封城

但是过去七天我从未离开过家,所以我有些犹豫,我是现在出去还是等明天?

我还是决定走出家门。并没有人限制我出门,但是出门时我必须遵守规定,其中最重要的是戴口罩,并且与其他人保持不小于一米半的安全距离。我确定路上没有汽车,因为我可以从我的公寓清楚地看到。但是人呢?商店还开门吗?我能找到卖水的地方吗?

我想,还是先去公寓下面的商店看看吧。尽管我知道那里主要卖蔬菜和水果,应该不卖水,但在现在这种情况下,说不定是有可能卖水的。

外面很冷。我穿了所有的衣服,包括我的羊毛保暖秋裤,以及我那唯一的一条裤子。我还穿了三件毛衣、一件外套,还戴了一顶羊毛帽。到现在为止,我只有一个口罩,那是我来汉口之前从罗杰那里取来的,质量非常好。他在武汉封城之前从淘宝购买的。我没有一次性手套,就戴上了厨房里用来洗碗的那副。

开门之前,我对自己说,如果我走到街上,我将向人们展示武汉的真实情况。几个月前黎巴嫩街头抗议时期,我看到很多人直接从活动现场拍摄的视频,这有助于传达真相,比其他方式更具吸引力。我打算拍些照片和视频,然后直接在脸书上播出,不做任何加工。因为我确信,当前关于武汉的报道,有不少是谣言和错误消息。的确,我没有国际媒体平台的影响力,但我拥有更强大

▲武汉的街道空空荡荡,环卫工人仍在尽责打扫。图片摄于 2020 年 2 月 2 日。(图片来源:作者)

的力量:我在风暴的中心,我的照片是真实的。因此,原汁原味地传达图像,传播我所看到的内容,无论是好的还是坏的,都将有助于戳穿舆论中的假象,并有助于应对各种谣言攻击。

  我把手机调到了视频录制模式,戴上耳机,从手上取下手套,以便可以控制手机。然后我离开了屋子,走到小区的门口。没人问我要去哪里,当时还没有志愿者在出入口值班。尽管天气寒冷,我还是在流汗。我很紧张,街道上空空荡荡,大多数商店都关门了，安静得令人恐惧，就像是在看一部电影，看一个被居民抛弃的城市一样。路上干干净净，就像我从我家阳台上看到的那样，清洁工仍然在指定的时间来清扫道路。

环顾四周，我不知道往哪个方向走，因为我没有看到开门营业的商店。稍加思索，我决定从我公寓下面的商店开始，那里离我不到50步。几步之后，我略微恢复了平静，血液循环也恢复了正常。在我走到那家商店的门之前，我准备开始直播。

我从口袋里拿出手机，打开脸书。但我不知道如何直接拍摄。乱点一通后，我找到了开始直播的方法。我的头像出现在手机屏幕上，蒙着面，只露两只眼睛。

我开始自拍直播，立即显示有人在观看视频，并且人数每秒钟都在增加。他们积极与我互动。我在直播中说："这是我第一次直接通过视频进行直播，这是在武汉拍摄的视频，这是一家水果店。"走了几步，我在商店门前用中文问道"你有水吗"，老板的回答是"没有水"。

我不知道该如何转过镜头让人们可以看到街道的另一边。我向观众解释了一下，发现观看者达到300多位。"我想买水。这是商店和药房。大多数小商店都关门了，只有食品店和药店才开门。我现在是在直播，这样全世界都可以看到这里的实际情况。"

我渴望传达每个细节，并解释直播中出现的所有内容。当我穿过空旷的马路时，我说："这曾是一条人流如织的街道。让我们看看这位女士的商店里是否有水？这里也没有找到水。这是武汉的真实情况，没有什么可恐慌的。所有人都待在自己的家。"我继续解释说，由于春节假期，大多数商店在封城之前就已经关门了。我还解释了在中国城市人与乡村割舍不了的情怀，在这种假期里，许多在城市工作的务工者大都返回了农村老家。政府本来要求大型超市关门，现在却要求它们开门营业，这样就不会切断人们的基本生活物资供应。对我来说，重要的是要证明，武汉并没有像某些媒体宣传的那样缺乏物资。今天，我要解释我看到的每个细节。虽然第一天人们到商店购买了大量用于储存的物品，但是从第二天开始，中国政府就建立了一条空中运输通道，为武汉提供食物和药品，保证这里的任何必需品都不缺乏。

在中国境外，人们对新冠肺炎疫情的了解几乎为零。从直播的评论中可以明显看出，其中大多数人问的都是非常基本的问题。

我继续直播："我终于走到室外了。当然，还是有点紧张。但可以肯定的是，所有人都戴了口罩，因为武汉禁止不带口罩出门，否则就违反了管理条例。"

武汉街头的第一段视频直播就此结束。

武汉街头（二）

我继续寻找卖水的商店。走着走着，我发现了一家种类相对齐全的食品商店。这家商店周围的所有商铺都已关闭，那些歇业的商铺大多是奢侈品店或小餐馆。我走进店里，问售货员是否有大瓶水。她说有。我离开商店时自言自语说，为了不使第一个视频的粉丝误以为武汉饮用水断供，我再拍摄一个视频吧。我可不想给别有用心的人可乘之机。

我拿起手机，将四瓶水放在人行道边，再次开始直播。我说："我买了四桶水。一桶容量是五升。太让人开心了。我还以为店主可能告诉我，一桶水现在要50、60或70块。我确定，即便那样的价格我也会买。但她说价格是10块，这意味着和疫情危机之前的价格相同。四桶水才40块！"我开玩笑地说："我真想过去给她个拥抱，但是她或许认为我有可能携带新冠病毒，所以我改变了主意。"道路显得宽阔洁净，城市变得秀丽如画。我说："让我们为自己祈祷，也为武汉人民祈祷，尽早结束这场疫情吧！"

两天前，也就是封城第五天，我与约旦的观察员进行了连线。

我提到，如果我们的国家发生了危机，哪怕是任何一种危机，价格就会疯狂上涨。例如，在黎巴嫩内战期间，危机刚刚暴发，物价就立刻疯狂飙升。因此我想说，我现在感到很惊讶，这很奇怪，武汉的价格一点点也没有上涨。我一定要如实记录下来，因为我的信息是基于在中国的亲身经历。因此，这段视频及其包含的内容十分重要，特别是当时这家商店在街上没有竞争对手，价格仍然保持不变。她完全可以提高价格，尤其是面对像我这样的外国人。

　　当我回到家时，我为能够把这样的情况传达出去感到非常高兴，人们与我的互动远远超出了我的预期。数十条信息轰炸着我的手机，但我必须遵循官方的指示，先消毒再看手机。我一直重复从一堂军事课中记住的一句话，一个拆弹专家说，"第一个错误就是最后一个错误"，意思是我们必须时刻保持警惕。我在行动中践行着这句箴言。任何错误，任何的鲁莽行为都可能导致感染新冠肺炎。我直接走进洗手间，又进行了一遍与上次从大学到这里时相同的程序。

　　我一直在思考一个问题：为什么武汉的物价没有上涨？按照资本市场的逻辑，当需求增加而供给减少时，价格就会上涨。但是疫情期间，这里的价格一直没有变动过。除了"中国特色社会主义"的优越性以外，没有其他答案。这意味着共产党懂得如何管理市场经济。

无畏的志愿者

　　学校给我们发送了一封电子邮件，从 1 月 30 日上午开始，学校将向每个没有离开学生宿舍的学生免费分发一日三餐。一方面，有些学生感到恐惧不敢出门，尤其是在最初阶段；另一方面，有些学生是自费生，他们可能会陷入财务困境，他们没有学校每月发放的助学金，也无法获得来自国外的资助。由于武汉的全面封城，包括银行在内的营业场所都停止营业。幸运的是，我是有奖学金的学生。

　　外国留学生宿舍有 12 栋楼，每栋都有三层楼和数十个房间。每日三餐将食物运送到同学们房间，可以避免集中用餐可能引起的聚集或近距离接触，但也意味着需要更多的志愿者。

　　起初，只有一名埃及学生自愿参加。我还记得，他当时还受到一些埃及同学的指责，但他并不在意。随后，来自多个国家的志愿者陆续加入这个行列。分发食物的决定对学生的精神状态产生了积极影响，尤其是那些本来有点害怕的学生。为了进一步提高士气，大学以心理咨询师的名义，发出了一封通函，表示任何感到焦虑或无法专注于自己学业的学生都可以免费与他们联系。这是一种实实在在的支持。

有一位学生在宿舍群里问:"这种情况下,你们中谁可以专注研究呢?如果有人可以,麻烦指导一下我。每当我想专注研究时,都想到新冠肺炎疫情。我一直在努力避免,但还是做不到。我真的很认真地寻求帮助。"一名心理学博士同学回答说,我们"处在同一屋檐下",建议他暂时停止他的学术工作。心理疏导对帮助这些学生非常重要。

在创纪录的短时间内,武汉各个地方都组织了志愿者队伍,以适应新的形势。志愿者的主要目标是帮助待在家里的市民,确保他们除非绝对必要,一律不要出门。至于我所在的住宅区,已经开始了住宅入口处的登记工作,但还没有完全禁止出门。一些来自中国共产党基层组织(社区党支部——编辑注)的志愿者在门口值勤,还有一些由普通群众和企事业单位员工组成的志愿者队伍也在忙碌。在每个住宅区内,都有一个业主委员会,其职责在正常情况下是有限的。但这些天来,业主会执行了许多任务,涉及人民日常生活的方方面面。因此,共产党员志愿者和其他志愿者队伍也加大了对业主会的配合。

第二章 世纪封城

▲小区志愿者向居民分发食物。图片摄于 2020 年 3 月 23 日。(图片来源：作者)

迄今为止，这些志愿者们的任务如下：防止任何外来访客进入小区；满足小区老年人、患有疾病的人以及接受居家隔离的新冠肺炎疑似及确诊病例的紧急需求。志愿者们一直在为他们上门运送食物和药品。志愿者们还需要每天询问他们的健康状况，尤其是体温情况。类似措施逐步展开，意在稳定民心。

国际关注的突发公共卫生事件

1月28日上午,美国哥伦比亚大学传染病学专家伊恩·利普金(Ian Lipkin)抵达中国,就疫情控制专程访华,受到中方热烈欢迎。中国非常重视这位著名美国科学家的来访,因为他曾经在对抗流行病疫情(例如 SARS 和埃博拉病毒)中作出巨大贡献,赢得了"病毒猎手"的美誉。

日内瓦当地时间1月30日晚,世卫组织对新冠肺炎疫情的判断出现重要变化。尽管在中国以外的感染人数仍然相对较少,但世界卫生组织总干事谭德塞还是在位于瑞士日内瓦的总部宣布新冠肺炎疫情已构成国际关注的突发公共卫生事件。他在声明中说:"这是针对全球的疫情传播情况而发出,与中国国内的疫情没有关系。目前我们最大的担心是,疫情将在卫生系统较弱,且没有应对疫情所需的医疗技术水平和医疗设施设备的国家中传播。我说得很清楚,这并不是对中国的不信任投票。相反,我们对中国控制疫情的能力仍然充满信心。"

在发布此公告后,世卫组织向全世界发出了明确的信息,即大家必须为新冠肺炎在各国传播的可能性做好准备。谭德塞说:"很显然,世卫组织担心新冠肺炎疫情在中国以外广泛传播,特别是在卫生系统相对薄弱的国家传播。我们今天必须努力帮助各国,为新冠肺炎疫情的流行做好准备。"

谭德塞还在讲话中赞扬了中国在防控疫情方面的表现。"尽管这些措施对中国人民的社会和经济有不利影响,但中国政府敢于为遏制疫情采取非常规措施,值得赞扬。"他接着说,"中国政府作出很多努力,是因为中国政府重视保护本国人民和世界人民的身体健康和生命安全。如果没有这些努力,我们将会看到无数的确

▲世界卫生组织总干事谭德塞曾多次在世卫组织召开的有关新冠肺炎疫情的例行记者会上赞扬中国为抗击疫情作出的努力。图为2020年2月17日谭德塞(中)在记者会上发言。(图片来源:新华社)

诊病例，也许还会有大量的死亡病例。而且，中国第一时间向国际社会通报疫情信息，毫无保留地同各方分享防控和救治经验。中国首先分离出该病毒毒株，提取病毒基因组序列，并与世界卫生组织和全世界共享其研究成果。"他的话令人印象深刻，中国对透明度的坚持和对其他国家的支持做得一样出色。实际上，可以毫不夸张地说，中国已经在许多方面树立了应对疫情的新标杆。

在向医务人员和所有应对这一病毒的一线工作人员致以慰问之后，他补充说："由于这些人的努力，迄今为止，世界其他地区的病例数仍然相对较少。"他在讲话中呼吁所有国家基于事实作出决定，表示愿意向任何考虑在此方面采取必要措施的国家提供建议。

现在应该要讲事实了，而不是散播恐惧。

知识时代不应该有谣言。

现在是团结而不是责难和甩锅的时候。

第三章 真相与谎言

我们正在挑战一个未知而猛烈的流行病。我们还正面临着比新冠病毒本身更危险的谣言病毒。谣言病毒传播迅速，足以给人民造成恐慌。我们不害怕谣言病毒，你见过一个害怕战争的战士吗？在经典战争中，最困难的是心理战和媒体战。今天，谣言病毒正在通过误导和散布恐慌向我们发动一场心理战和媒体战。

第三章　真相与谎言

阴谋论（一）

自从武汉关闭后的第一天起，阴谋论（我更喜欢称其为谣言）就没有停止过。许多人说三道四，却没有任何证据。这是一场"美国阴谋"，企图搞垮中国经济。考虑到新冠肺炎疫情暴发之前的政治背景，美国政府企图遏制中国迅速崛起，正在对华发动贸易和经济战，尤其是关于第五代移动通信网络技术，即 5G 技术的战争。在社交媒体时代，散布谣言是最容易的事情，因此美国政府和政客制造了大量的谣言。

从一开始，我就积极与各路媒体保持对话。我的目的是澄清事实真相，依靠科学证据，揭穿政客的谣言和阴谋。我一再强调，谣言即使在政治上有立足点，本质上还是有害的。谣言会误导所有人，而当我们被误导时，我们就将输掉这场战斗，谣言会阻碍防控新冠肺炎疫情。

我看到自由之声电视台[1] 1 月 23 日（武汉关闭后的第一天）

---

[1] 自由之声电视台成立于 2004 年 2 月，由美国政府出资兴办，是一家覆盖中东地区的阿拉伯语电视台。——编辑注

发表的一篇文章，说新冠病毒是在欧洲的秘密实验室制造的，作者声称制药公司通过制造病毒，再销售疫苗，以达到实现巨额利润的目的。在宣布疫苗研制成功之前，公司正在等待疫情进一步传播。文章的作者，即"中东的正义与发展组织"认为，选择中国来传播这种病毒与中国的人口密度有关，这样可以造成病毒大量传播，并且也很容易传播到另一个人口大国印度。

1月25日，纳伊姆在"武汉黎巴嫩人小组"主页上，分享了沙特阿拉伯著名的阿拉比亚电视台对一名在武汉阿拉伯人的视频采访。那个人介绍说自己是一名胸外科医师，他提出了几个奇怪的问题："为什么这种病毒只感染中国人和一般的亚洲人？为什么它只会影响40岁至60岁之间的人，而不是儿童和年轻人？"当主持人问他这些问题是否有答案时，他回答道，"我不知道，但关键的问题是，为什么该病毒只感染中国人，为什么不感染外国人？到目前为止，武汉市内外都没有外国人被感染，甚至在其他国家被发现感染的人也都是亚洲人。"

很明显，这位医生受到阴谋论的影响，在很大程度上试图从对数字和事件的仓促分析中得出结论。在此之前，其他国家尚未开始进行严格的医学测试，仅通过体温过高等明显症状的出现判定是否感染。但是几天之后，这种"理论"就消失了。因为无论是在武汉还是在其他国家，外国人都已开始感染病毒了。

有一天，一位黎巴嫩官员打电话给我，询问我对以下观点的看法：这种病毒是否是美国对中国发动生物战争的一种武器？他说："中国人真的在美国领事馆的花园中找到了生物武器培养皿吗？"他没有等我的回答，就继续说："事实很清楚，新冠病毒早在 2015 年就被美国人注册了专利。"当然，我的回答是此消息毫无根据。但是我表示，"我不相信生物战的说法，但是有一件事情令我担忧，就是两个月前在武汉举行的世界军事运动会。病毒可能是由国外的感染者传染到了中国。"

2019 年 10 月，武汉举行了第七届世界军事运动会，来自美国等 109 个国家的约 1 万名军人参加了这次活动，其中一项赛事还是在我们学校里举行的。

在武汉，人们花了两年时间为军运会做准备，在街道和广场各处都可以看到宣传画和条幅。在与我的中国朋友梅交谈之后，我第一次尝试将军运会与新冠病毒的传播联系起来。她告诉我，中国国防部的网站发表了一篇文章，谈到了为生物战做准备的必要性。我要求她将文章发送给我进行验证，因为这个信息非常重要。但是，经过核查，这是一个私人网站转载的一篇旧文章，引用了此前在 2018 年发布的国防部消息（也有消息来源说是 2011 年，但可以肯定的是这篇文章已经过时了），并且在被辟谣后已不再有人转发。

在我找到介绍的文章后，她说："我认为军运会与新冠病毒的传播有很强的联系。当时，来自世界各国的一万多人进入了武汉。"

啊！我对她开玩笑说："你是在说阴谋论吗？你在政治上也算是有了质的飞跃啊。"可能是我过去五年来对这里中国人的总体印象，很多人对西方尤其是美国怀有羡慕之情，在政治事务上，中国人总是持宽容而非怀疑态度。不幸的是，西方媒体对中国的评论大多数是负面的，他们很多人没有来过中国，不了解中国悠久的历史文化和中国人民的勤劳睿智，他们对中国经济的迅速崛起感到心理失衡。但是这次，中国有效的防控疫情措施，将会改变那些中国人的看法，这就是事实。至少在我的熟人中，发生了这种变化。

梅对我说，"几天前中国科学家发表了一项研究，他们试图找到感染病毒的零号病人，也就是说找到第一个新冠肺炎感染者（P0）。他们发现，在首批31名被感染者中，武汉只有27名与那个海鲜市场有关联，其余4名从未与这个市场接触过，第一个感染者（P0）尚不清楚。因此，他们得出的结论是，病毒可能来自武汉以外地区。"梅的话并不能证明生物战的存在，却表明新冠病毒的来源可能不在武汉。

我没有看过那个研究报告，但仅凭梅提供的信息，不足以得出结论。但是，接下来的几天我并没有忘记这一观点。我在考虑这样的观点时，首先要保证消息来源绝对可靠，而且不允许任何媒体的煽动影响我对事物的客观看法。因此，在所有访谈或讨论中，我都确保我所说的任何信息都有可靠的信息来源。一方面，维护我的信誉至为重要；另一方面，要避免错误信息误导公众舆论。如果说新冠病毒是经过特殊处理的，只能感染中国人，那是多么荒谬的理论啊。

不可否认，在世界历史中，各种旨在破坏国家和人民的阴谋论层出不穷。中东一直是阴谋论的多发地。人们是否记得2003年以美英军队为主的联合部队侵略伊拉克的战争？当时，媒体上每天都有详细报道，一个历史悠久的国家，在我们眼前被摧毁，数十万伊拉克人民死于战火。美国以伊拉克藏有大规模杀伤性武器为由，单方面对其实施军事打击，证据居然是美国时任国务卿鲍威尔手里拿着的一小瓶白色粉末。这是基于错误和谎言的指控，这就是阴谋论！

我记得很清楚，2003年冬天，在美国入侵伊拉克期间，我父亲的朋友们（其中大多数是参与过黎巴嫩内战的战士）在我们家厨房里的炉子旁聚会。冬天，我们把厨房变成了客厅，一起看电视。他们密切关注着每一个动态，并对其进行军事分析。他们的民族主义情绪使他们无法想象，巴格达会在几天之内沦陷。他们抱定所有希望，即使这只是一种幻想。美国人攻入巴格达后，他们仍然认为伊拉克军事部队在坚持战斗，并誓能夺回首都！撤退不过是为躲避美国飞机和导弹的攻击。但是，当两名美军士兵爬上萨达姆·侯赛因雕像并举起美国国旗时，厨房里的所有人脸色苍白,不再继续讨论。我父亲的一位朋友阿布·阿拉伯(Abu Arab)(意为阿拉伯之父)的声音打破了沉默。他对我小声说:"请问你们家是否有血糖检测仪。"这个大个子和我父亲的其他朋友一样,笃信阿拉伯民族主义,因此他称自己为阿拉伯之父。像其他朋友一样,他们并不是支持某个阿拉伯政权,但是阿拉伯主义的"执念"一直存在。

妈妈过来问他身体状况如何,他说:"我不知道,我感到头晕,感觉整个房间都在旋转。"我们借了我叔叔家的血糖检测仪,发现他血糖很高,而他以前从来没有过这种症状。

自巴格达陷落以来,这位阿拉伯左派分子患上了各种慢性疾病,好像他的身体代表了我们阿拉伯国家的身体。他的疾病源于挫折和失望,巴格达的陷落就是一种恶性疾病。之后,阿拉伯国家战火频仍,美国及其帮凶是主要的幕后黑手。

这场由虚假指控发动的战争是由罪恶的小丑——时任美国国务卿科林·鲍威尔(Colin Powell)一手推动的。当他在联合国安理会提交虚假文件时,声称这是伊拉克用于存储大规模杀伤性武器的地点的卫星图像。几年后,美国方面和鲍威尔本人都承认这些证据是虚假的,所谓的证据是为污名化伊拉克。我们都知道美国发动的这场战争是妄图控制伊拉克石油。英国首相托尼·布莱尔也是如此,他也参加了这场针对伊拉克人的肮脏战争。

鲍威尔声称他被欺骗了。至于布莱尔,他说他很抱歉。但是,由于这一阴谋论，十余年来数百万伊拉克人丧生，伊拉克的基础设施遭到毁灭性破坏，伊拉克人的财富不断地流失。以消除独裁政权和建立民主为借口占领伊拉克的美国军事统治者实行了宗派政治制度，导致伊拉克人之间发生内战，而伊拉克至今仍在为此付出代价。

阴谋论（二）

我非常理解，普通百姓会被阴谋论迷惑。如果我们允许阴谋论和谣言来左右流行病防治议程，我们就会错过真正重要的问题。可以说，妄称"新冠病毒并非自然产生，而是由科学家在实验室创造的"这一论调，是出于众所周知的政治原因。阴谋论诱使人们脱离科学分析的框架进行思考。

某些国家的最高层政治官员，从一开始就诉诸这种理论，而没有任何科学依据，令人十分可疑。这不是无视事实的问题，而是为了政治和经济目的故意歪曲事实。西方某些政客和媒体不择手段地寻求将公众注意力从科学主导的调查中转移出来。

1月25日，英国《每日邮报》（Daily Mail）杂志发表了作家娜塔莉·拉哈尔（Natalie Rahal）的报告，称新冠病毒可能是从武汉的一家生物实验室泄漏的。但是作者没有提供任何证据！这个生物实验室距离海鲜市场32公里。与此同时，《华盛顿时报》发表评论，引用以色列前军事情报官员丹尼·沙胡姆（Danny Shahum）在2020年1月28日发表的一篇文章，指出新冠病毒可能是从武汉的实验室泄漏的。该官员在文章中明确指出，这只是猜测，没有证据。但这足以让谣言在民众中造成传播。

阴谋论无凭无据，却层出不穷。1月30日晚上，当我跟进美国参议院的听证会时，阿肯色州参议员汤姆·科顿说他"知道情况"。他说："在武汉有一个中国高级别的四级实验室，并且是中国唯一一个研究世界上最危险的病原体，其中包括冠状病毒的实验室。"与《每日邮报》一样，这位参议员将武汉的这个实验室作为其"病毒为人为泄漏"推断的直接证据。就我所知，世界上有54个类似的实验室。西方国家凭借自己的宣传文化优势，只强调位于中国的实验室，而对位于美国和欧洲国家的53个同类实验室的安全性却避而不谈，不禁令人生疑。

这些已被广泛使用的假设已成为政治投机的重要内容。阴谋论在媒体中广泛传播，当然也传播到阿拉伯世界。甚至天空新闻频道（英国于1989年创立的新闻频道——编辑注）及其阿拉伯语分支机构也在这一时期发表了报道，标题为《生物实验室在武汉隐藏了什么秘密？》报道就像在重复着一本科幻小说。

当然，这类好莱坞制作的小说对美国政客和西方媒体都不是新鲜事。这些指控与当时我们对这种病毒来源的了解完全相反。根据中国公布的病毒基因组序列，科学家们已经得出了我们先前提出的基本结论，即病毒的来源是动物，先是从动物传播到人类，再是人传人。随着研究的推进，这一结论并没有改变，反而得到了越来越多科学界的支持。

在美国现任国务卿迈克·蓬佩奥（Mike Pompeo）的领导下，制造阴谋论的政策一直是美国政治方针的核心。2019年，他在得克萨斯州A&M大学的一次演讲中说："当我们是军校学生时，你还记得西点军校学生的口号是什么吗？我们不会撒谎、欺骗、偷窃或容忍任何这样做的人。"然后他自豪地补充道："我曾担任中央情报局（CIA）的负责人，但我们撒谎、欺骗和偷窃！"他在掌声与笑声中微笑着说："这使我们想起了光荣的美国经验。"光荣的美国经验？他是认真的吗？是的，他就是这么想的。这种美国经验，除了依靠杀戮将美国道路强加给世界各国人民之外，还一直采取各种不道德的手段。在历史上，即使在美国社会内部，我们都可以发现无数的案例。

这是新冠肺炎症状吗?

从封城的第一天起,我就一直在感冒。如前所述,我每天都在非常努力地喝热水。五天过去了,情况终于好转了。我非常高兴,因为现在我可以向任何人发送语音消息,尤其是我的父亲,而不必担心他可能会因为听见我的咳嗽而猜测我是不是感染了新冠肺炎。我总是向家人解释,新冠肺炎最典型的症状是发烧。如果仅仅是感冒或咳嗽,并不意味着感染新冠肺炎,除非伴有体温升高。所以,他们每天只是问我的体温。每当有家人怀疑听到我有咳嗽的声音时,我就说不用担心,我体温正常。这种方法确实有效。

逃离感冒的喜悦并没有持续多久。两天后的1月31日上午,我揉面准备做早餐时,我又开始干咳了。我对自己说:"不,不是那样的。"我每年都在这样的时节遭受咳嗽的困扰,这种情况可能会持续一个多月,让人十分疲惫。这种症状与新冠肺炎患者出现的症状有些类似,新冠肺炎病毒主要损害呼吸系统,尤其是肺部,并且在感染的第二阶段变成重型肺炎,并可能导致死亡。

我赶紧与梅联系,请她帮我提供治疗咳嗽的药。去年咳嗽的时候有一种中药对我很管用，但我忘了药名。她说好，她会帮我打听。尽管手上沾着面，我还是先去测量体温。赞美真主！可以放心了，体温是35.8度。我打电话给我的母亲，问她检查体温的最佳方法：我从手臂下方测量温度，但我认为这样结果可能不太准确。母亲没有直接回答我的问题，而是表达了她的担心。

我说："妈妈，我的问题很清楚也很简单，到底怎样测量体温才是准确的？我可不想每天把体温计塞进肛门里。"

她笑了起来。也许我的玩笑让她感到放心，于是她指导我说："将体温计放在你的舌头下或腋窝下，然后把你的体温告诉我。"

我问母亲的问题可能是一个很大的错误，因为我父亲和姐姐当时正坐在她旁边。我自己也很担心，如果我被感染了怎么办？但我不会说谎，在确认体温之前，我不会回答。

我对死亡无所畏惧。很久以前，我就想明白了。特别是在高中时期，在提出有关人生的重大问题和哲学思考的阶段。我对自己说，死亡没什么，那是永恒的休息。在白天努力工作之后，你最想做的是什么呢？不就是睡个好觉吗？死亡也是如此，就是在艰辛的生活过后的休息而已。

但我不想死于新冠肺炎。我信奉"男子汉当终于沙场"的信条。我不想死于这种恶性疾病，也不想死于任何其他恶性病症。我曾经害怕得癌症，因此我构思了一个应对方案。当疾病恶化时，我将在身体的致命位置开枪。我曾经觉得这种情况随时可能发生。

在我的故乡黎巴嫩巴尔贾，居民被一种恶性疾病所折磨，每年因这种疾病而死亡的人数超过100人。

我不想接受这样的结局。如果我死于新冠肺炎，我的尸体将被火化，骨灰将被掩埋在没人知道的地方。我希望能被埋藏在我们家附近。如果官方保证让我的家人能来探望我，我也可以毫不迟疑地接受葬在武汉。这么想下去让我更加担忧，因为我知道，新冠肺炎死者的遗体无法移交给家人，因为疾病有可能会传染给他们。而我呢？我曾经想象过自己死亡前的状态。如果今天就是我最后的日子，那我不会接受。

我再次测量体温，36.5度，这意味着我的状态还算可控。我对自己说，这是一个好兆头。希望确实如此。从现在开始，当我被问到关于自己的情况时，我就会这么说。但是，我不能确定这种干咳是否属于新冠肺炎症状。实际上，令我更加担心的是，咳嗽是在武汉封城的第九天才开始的。根据医生的说法，这是症状可能开始出现的潜伏期。我还是决定，如果体温连续两天没有升高，我就不去医院。我向自己保证，这只是季节性咳嗽。

从黎巴嫩到武汉

今天晚上,一名黎巴嫩女记者给我打来电话,我接受了采访,采访将在晚间新闻中播放。在开始录音之前,我希望她能删除我录音中咳嗽的部分。在武汉发生新冠肺炎疫情的背景下,咳嗽是会让人担心的。

迄今为止,疫情尚未在中国以外的国家和地区中广泛传播。阿拉伯国家还没有感染病例,因此他们只是从媒体上听说过这种疾病,知道大多数病例都在武汉。阿拉伯媒体争先恐后地想采访我,作为在风暴中心的阿拉伯人,我自然引起了阿拉伯媒体的关注。我需要表现出耐心,避免引起人们的担心。小心是对的,但没必要惊慌。

这不是我第一次接受阿拉伯频道采访,但是我希望采访能够完整传达我想说的话。我主要表达了三点。首先,不要惊慌。其次,这是一场真正的战争,尤其是中国和武汉正战斗在全人类抵御新冠肺炎的第一线,因为疫情可能会演变成全球性流行病。第三,我们必须团结所有的国家和人民,以防控这次疫情。

记者问我:"你会离开武汉吗?"我回答说:"出于很多原因,我不会。做出这个决定需要智慧和毅力。我肯定会待在这儿,我很好,我不会冒险。"我接着说,"假如我携带新冠病毒回到黎巴嫩,那里会发生什么?我的家人和人民会感到恐惧。我当然不想成为我们国家问题的根源。中国政府只用了十天就为患者盖了一所专门医院,但是我们在黎巴嫩有什么呢?我们没有任何能力来应对这种疫情,而中国人最近在这方面积累了丰富的经验。"

撤侨

1月31日午夜，第一批阿拉伯学生开始撤离。除约旦学生外，约旦包机还接走了一批黎巴嫩和巴勒斯坦学生。在中国批准包机出境许可后，所有这些人都将在约旦接受隔离。离开武汉的任何人都必须经过14天的隔离，然后才能开始正常生活。如果受到感染，这段时间足以出现症状。因此，除了那个定居于此的黎巴嫩姑娘外，武汉只剩两名黎巴嫩学生：我和纳伊姆。

纳伊姆改变了主意，决定在叙利亚学生撤离时一道返回。有传言说，叙利亚、伊拉克和伊朗学生将乘坐伊拉克或伊朗的包机撤离。包机会将学生们送到叙利亚，并在那里进行隔离。我和纳伊姆进行了长时间的沟通，决定请求黎巴嫩驻华大使馆帮助他随机离开，并派遣一辆黎巴嫩救护车在叙利亚首都大马士革机场等候，飞机抵达后把纳伊姆直接接到黎巴嫩，并在黎巴嫩接受隔离。

黎巴嫩卫生部开始就此与有关国家进行谈判，但是直到此时，此次撤离计划仍然只是个想法。至于我，则坚持不离开的决定。

我从宿舍的巴勒斯坦邻居纳迪亚那里听说了约旦撤侨的消息。

她告诉我，她们今晚就将撤离，她有点紧张。她用亲切的巴勒斯坦口音对我说："我以一个慈善家的身份，给你2000块人民币，请帮我发给可能需要的学生。你知道，我马上就要走了，你有办法完成任务吗？"我回答："没问题，保证做到。但是请帮我了解一下谁可能会需要。"

在过去的三天里，已经有三批共500多名美国人从武汉撤离。当然，并非所有美国人都离开了这座城市，有些人更愿意留下来。美国认为事态很严峻，从1月25日起关闭了在武汉的领事馆，并且急迫地要求撤侨。尽管世界卫生组织和中国政府一再重申，没有必要这样做。

美国撤侨和关闭领事馆的决定，只有两种可能。要么是他们就疫情的严重性已经从中方获得了足够的信息，要么就是像我推测的那样，只是对中国施加政治压力，将中国描述为一个无力保护外国侨民的国家。

那天在美国媒体上发表的文章证实了我的猜测。美国当局特别是医疗卫生部门充分意识到了局势的严重性。美国疾病控制和预防中心下属国家免疫与呼吸系统疾病中心主任南希·米森纳（Nancy Missoner）说："美国卫生官员已做好准备，这种疫情有可能转变为全球性大流行病。"南希主任接着说："如果现在采取强有力的措施，我们也许可以减轻疫情对美国的影响。"南希还将封城措施描述为"史无前例，却是有效防控疫情的最佳方法"。她说，美国科学界从一开始就对事态的严重性进行了评估，"我们将面临前所未有的公共卫生威胁"。早些时候，美国著名的传染病专家安东尼·福奇（Anthony Fushi）博士在1月22日接受美国之音采访时，介绍了新冠肺炎的很多细节，其中就包括其风险和预防措施。

然而，尽管美国科学家强调了事态的严重性，但美国当局仅采取了一项措施。美国国务院发出医疗紧急情况通知，警告其公民不要前往中国，尽管世界卫生组织此前鼓励各国不要对与中国的贸易往来施加限制。

当时，尽管没有来自科学界的建议，但美国一直有一种政治动机，企图将疫情问题政治化，呼吁各国停止与中国开展贸易，以实现其政治和经济目的。最清晰的表述来自美国商务部长威尔伯·罗斯（Wilbur Ross）。他于1月31日发表声明称，"中国暴发疫情可能使美国经济受益"。他指出，疫情可能导致美国公司从中国撤离，"这将有助于加速就业岗位回流到美国"。

我听到罗斯的这份声明时非常气愤。这是在利用疫情进行公然的政治勒索。正如美国人所宣传的那样，这种疫情似乎仍将仅仅局限于中国，而美国则能够从另一个国家和人民遭受灾难时获益。这种行为看起来确实像美国的政策！他们并不认为人类应该团结起来，共同战胜疫情对全球的挑战，而是把疫情当作打击竞争对手的机会。

在当天的采访中，今日俄罗斯电视台记者问我，对美国国务卿的言论以及有关生物战争的阴谋论有何看法。我回答说："中国这里没有任何官方机构谈论阴谋论。相反，他们总是说，将以科学的态度调查新冠病毒的来源。根据科学研究，目前所有迹象都表明，该病毒来源于动物，而不是人为制造的。如果我们只谈政治的话，任何战争都是有赢有输的。但是，在当前这场战争中，一方是病毒，另一方是人类，不论如何，受害者和失败者都是人类。如果说这个世界上有国家正在从病毒的传播中受益，那么这个国家就是美国，他们的商务部长已经明显地承认了这一点。从这个意义上讲，现在正在进行另一场战争，至少美国方面表现得更像是在发动一场战争，企图从中渔利。"

幽灵之城？

我的一位黎巴嫩朋友给我打来电话，没作任何铺垫就说："阿德汉！那些恐怖场面是怎么回事？人们走在街头，然后突然在你面前摔倒，这就是你那边的情况吗？我的天啊！照顾好自己！"

这个名叫玛哈（Maha）的老朋友正在意大利都灵（Turin）读研究生。她指的是在互联网上传播的一个视频，视频里貌似患病的人们接连摔倒在地。视频声称是在武汉拍摄的，那些摔倒的人是由于感染了新冠肺炎。还有类似的视频描绘了大批躺在地上的人，一动不动，声称是武汉新冠肺炎患者的尸体。我在验证后发现，这些场景其实是德国某个城市的人们针对环境污染带来的危险而进行的行为艺术表演。

我告诉玛哈，"这些不是新冠肺炎的症状。所有患者都只是咳嗽和发烧，怎么会摔倒在街上？"但是，当时我面临的问题是，没有人能想象我描述的情况。疫情仍仅限于中国，尤其是武汉，中国以外的感染病例很少。因此，人们没有关于这种疾病的任何经验。

1月31日晚上,英国天空新闻阿拉伯语频道与我联系。为了将真相传递给尽可能多的人,我决定无条件接受任何频道的采访。我收到的采访邀约日益增多,好像我是一名专题记者一样。为了向尽可能多的人传达真相,我拒绝了所有雇佣提议。例如,我对今日俄罗斯电视台的一位编辑说,我可以在他们想要的任何一个晚上或任何时间与他们连线,但我不想成为他们的独家记者。

他问我:"直接说吧,您为我们工作需要多少报酬?"我说,"我不收取任何费用"。他惊讶地回答:"怎么可能?"我说:"是的,没什么。我不是在找工作。我冒着危险待在这里,是为了传达真相,我不希望有任何报酬。我在履行我的道德和人道主义义务,这是我的原则。"

我唯一拒绝的一次采访来自一家被以色列占领的巴勒斯坦的广播电台。尽管他们的工作人员向我提供了很多证据,证明他们没有从犹太复国主义政权(作者指称以色列——译者注)那里获得任何收入,许多黎巴嫩和叙利亚政客和媒体人士也接受过他们的采访,但是我坚持认为,与以色列关系正常化意味着承认以色列,而承认对我来说是一条红线,所以我不能接受。

天空新闻的采访非常客观,我很喜欢。然而在采访开始时的介绍短片中显示出了偏见。短片先是插入了美剧《行尸走肉》的剧照,然后展示了武汉空无一人的街道。短片称这座城市为"鬼城",并且说这种比较并不荒谬,相反,它描绘了当今武汉的现实,武汉已变成了"鬼城"。

在我展示了一段武汉居民在阳台上大喊"武汉加油"的视频后,主持人介绍了我,并播放了我在武汉街头的直播录像。主持人评论称,该录像旨在传达这座城市的真相,以及驳斥周围流传的谣言。她对我说:"欢迎你,阿德汉,你很棒,你在视频中表现出了巨大的勇气。给我们讲讲这座城市的现实吧,你可能是第一个在这种致命疫情的风暴中心进行直播的人。"

我介绍了武汉采取的所有防控措施,并说:"正如我昨天在视频中所展示的那样,武汉的情况当然不正常,因为这座城市完全处于封城状态。但是从个人可以承受的角度来说,在这种异常情况下,一个人生活所需的一切都是有保障的。"我更正了短片中有关武汉是鬼城的说法。"鬼城"通常是一个空无一人的城市,居民纷纷从那里逃亡。但是在武汉,居民却按照政府的指示待在家里,以保护自己免受伤害。从这个意义上说,武汉人民是在抵抗,而不是投降。

我接着说:"短片中说武汉是一个鬼城,我们可以用事实来驳斥这种荒谬的说法。武汉是一个战斗的城市,城市中的每个人都扮演着战士的角色。我坚持戴着口罩出门,这既是对自己的保护,也是对政府防控疫情的配合。"

对我来说,重要的是,要一次又一次地解释居家隔离的意义。在武汉,战斗在几个战线同时展开:第一战线是人民战线,人们留在家里，以阻断疫情的传播，这意味着首先要保护好自己，其次要减轻对医院的压力；第二战线是医务人员战线，这是最重要的战线，他们面临着各种风险和困难，但他们仍然在抗疫前线，一站就是数小时；至于第三战线，那就是中国政府。政府竭尽全力在所有方面支持武汉，确保为武汉人民提供食品、药品，满足后勤物资的所有需求。这三个战线的协调是控制疫情的唯一有效方案。因此，街头没有人并不意味着武汉是一座"鬼城"，相反，这是一个抵抗和战斗的城市，在这个城市中，人民站在自己的阵地上，这个阵地就是自己的家。

我坚持一次次作出澄清，客观地介绍这座城市正在发生的真实情况。我们应该拒绝媒体的误导。有些媒体认为居家隔离侵犯人权。一次采访或一篇文章不足以澄清此事，所以我总是反复提及。从科学的角度来看，美国科学家在从武汉撤侨时已经承认，如果没有疫苗，就没有办法阻止病毒的传播，唯一的办法就是居家隔离。尽管这很困难，但却是非常必要的。

再回宝藏

我向莱拉发送了一组中文报告,请她帮我翻译。尽管我获取到了足够的信息,但新闻采访的强度总是促使我一遍遍重新整理这些信息,尤其是关于病毒何时开始,中国是否掩盖了开始的事实真相等问题。因此,这些报告的论点和数据(我将其称为信息的"宝藏")非常重要。根据科学的论述,我们可以还原中国政府防控新冠肺炎疫情的果断措施。以下是这些报告为我们提供的一些内容。

第一份文件的标题为《2019年12月31日武汉市卫生健康委员会第一次情况介绍》,是我在大学宿舍小组群里看到的。该文件向公众报告了当时发现的27例不明原因肺炎病例,病例已经被当地医疗机构收治,这些病例大多与汉口的海鲜市场有关。收到病例报告后,武汉市卫生健康委员会对市内所有卫生和医疗机构中的肺炎病例进行了回顾性搜索,审查了所有与海鲜市场有关的病例,并对所有与患者有密切接触的人进行了随访。

当时,在咨询了许多与流行病有关的科学机构,并进行了彻底的调查后，有关部门还没有发现人与人之间的任何传播过程，也没有发现任何医务人员被感染。报告称，有关部门正在检测病原体，同时正在调查感染原因。报告还简单介绍了有关病毒性肺炎及其预防方法的信息。

2020 年 1 月 3 日，武汉市卫生健康委员会召开第二次关于不明原因肺炎流行病学情况的记者会，会上对先前信息进行了确认，并且公布了其他新增病例情况。当时感染数量达到 44 例，其中有些病例与海鲜市场无关。记者会还介绍了患者身上出现的症状，并强调确诊病例已得到严密的跟踪调查。"目前正在开展核酸检测、病毒的分离和培养等工作，以查明病原体并进行病因学研究。现已排除常见的呼吸系统疾病，如流感、禽流感、腺病毒、SARS 和 MERS 感染。"

第三次记者会是在 2020 年 1 月 5 日召开的，记者会的报告内容和之前的大体类似，主要是更新了有关不明原因病毒性肺炎的最新信息。当时病例数达到 59 例。简报中的一个重要信息是，第一个病例的发现日期确定为 2019 年 12 月 12 日，即第一次通报之前的 19 天。报告还确认了大约 160 名患者的密切接触者。此外，报告还介绍了主要的预防和控制措施，宣布各省之间将进行病原体鉴定（包括核酸检测）合作。科学家警告说，外出时应格外小心，尤其是因为我们处于冬季这一传染病多发季节。记者会还向有发烧（尤其是持续发烧）和呼吸道感染症状的患者介绍了去医疗机构进行检查的情况。

  2020年1月11日，武汉市卫生健康委员会举行了第四次记者会。会上宣布不明原因肺炎病毒是一种新的冠状病毒，国家、省、市级专家小组已修订并改进了病毒性肺炎的诊断、治疗和监测方案。病例密切接触者达到739人，其中包括419名医务人员，均已接受医学观察，没有发现确诊病例。

  同日又举行了另一场新闻发布会。这次发布会通报了新型肺炎的一些细节，具体包括五个问题：如何诊断病例？有什么具体症状？死亡病例有何具体情况？自2020年1月3日以来没有新增病例是什么意思？为什么没有明确的人传人证据？

  从2019年12月31日到2020年1月11日的这段时间内，新闻发布会的数量达到了五次。

  这些报告都是在1月11日之前发布的，报告表明，当时我们已经了解了有关新冠肺炎的几乎所有信息。仅剩的人与人之间的传播问题，几天后当钟南山访问武汉并了解相关情况后，很快也予以解决。除了这些报告之外，病毒的基因遗传序列也于1月12日发布。通过这种方式，中国已将掌握的有关病毒所有信息提供给世界各国的主管部门和国际组织。中国已履行了自己应有的义务。

武汉街头（三）

今天是 2 月 2 日，距离武汉封城已经 11 天了。这些天我一直在剧烈咳嗽。再过两天就过基本观察期了，届时就知道我是否感染了病毒。新冠肺炎的潜伏期一般是 14 天，我现在还未排除受感染的可能。但问题在于，急性咳嗽愈演愈烈，几乎没有停过。我每天测三遍体温，还好体温从未升高。

晚上，咳嗽的情况越来越严重，尤其是当我接受完长时间新闻采访后。到目前为止，我已经接受了 70 多次采访。

我现在最关注两个基本问题：首先是我要向人们解释疫情传播的途径。数据不足以显示此过程，尤其是 14 天潜伏期尚未过去。到第 15 天，我们可能才会发现封城的积极效果。其次是我想展示这座城市的真实状况，进行直播，反驳谣言和伪造的视频。没有人死在街头，中国军队也没有各处布防。但是，如果不走出房屋，拍摄直播视频是不可能做到的。所以我决定再次出去。这次我要拍摄更长的视频，因为第一个视频太短，只展示了购买水的过程，而没有广泛展示城市面貌，也没有解释政府关于控制病毒蔓延的措施。

  我开始行动。我做好一切必要的预防措施后才出门。这次直播大约 25 分钟，我展示了这座城市的真实状况，例如，清洁工在正常工作，一些非洲留学生进入超市买东西。街上并没有异常的情况，没有人昏迷不醒，流落街头，也没看到任何军管迹象。

  这次出门十分重要，11 天来我都没有走过这么远。那天晚上，在接受完媒体采访后，我的体温升至 37.4 度。学校提醒过我们，如果有人体温上升到这个程度，必须立即报告学校。

  我直接打电话给学院的外国学生事务负责人佩里，并把情况告知了她。她说让我等到明天早上，如果继续保持这样高的体温，学校会马上采取行动。

火神与雷神

毫无疑问，心理因素是任何战争的基本要素之一。在我们防控疫情的战争中，向武汉人民心中播种希望，是政府的基本工作之一。正如我之前所说，重要的是减少人们的恐慌情绪，这将有助于政府医务人员和志愿者更好地发挥作用。心理因素十分关键，我敢肯定，武汉有一支由心理学家组成的队伍正紧密配合着其他团队的工作。

武汉在封城后的第二天，就宣布开始建设两家新冠肺炎重症监护医院。据说医院建设将在十天内完成，这并不只是说说而已，这大大提高了武汉人民的士气，也给整个世界留下了深刻的印象。当特朗普谈到这个壮举时，也称其为"令人惊讶的"。为了进一步鼓舞士气，中国通过电视对施工工作进行全天候现场直播。观看人数最高达到5000万。我每天都在关注施工进展，我的一位黎巴嫩朋友甚至每天在他的脸书主页上分享直播链接，展示中国政府如何为人民的身体健康和生命安全千方百计地工作。

▲火神山医院从开始设计到建成完工，历时10天。图为每天的建设进展及变化。(图片来源：新华社)

第三章　真相与谎言

为这两所医院选择的名字也别有深意。第一家医院的中文名称是"火神山",意思是"火焰之神"。当然,这种字面翻译并不准确。当我问梅的时候,她笑着说这个词不可直译,因为它包含许多内在含义,比如坚韧和希望,而且这个词与中国最古老的经典书籍《易经》有关。至于第二家医院,则被称为"雷神山",意为"雷电之神"。

从心理层面上讲,医院的建设工作与控制疫情直接相关,因此

▼雷神山医院俯瞰图。2020年4月15日摄。(图片来源:新华社)

我们都在迫切等待着火神山医院的完工。事实上，这家医院在第九天就建好了。到了第十天，军队接管了它，并开始接收病人。

雷神山医院则是在火神山医院开工五天后开始建设的，预计也将在两周内建成。这两家医院将提供2500张左右的床位，有助于提高武汉市接受重症病例的能力。鉴此，死亡率将会因此下降，武汉其他医院的负担也能随之减轻。

确实，正如我们所料，这些医院除了提高士气外，还具有实实在在的作用。这是一个经过深思熟虑的举措，标志着在防控疫情的过程中掀开新的一页。火神与雷神的出现，使得2月成为充满希望和战斗力的月份。

在火神山医院投入使用后，中国开始着手建设用于接收轻症患者的方舱医院。此后，数十个公共设施被转化成方舱医院，包括篮球场、国际会议中心等等，这使武汉医院的收治容量比几天前大幅增加，从疫情暴发初期的约3000张床位，增加到2月中旬的45,000张床位。

这些医院的建成以及民众对居家隔离措施的遵守，对疫情的防控起到决定性作用。如果医疗部门崩溃了，一切都会崩溃，感染病例和患者的死亡率将大幅上升。如果没有这些措施，病毒就会持续蔓延，医疗系统的压力随之增加。一旦医疗系统被击垮，疫情就会失去控制。武汉市在疫情暴发后不久就大力增建和扩建医院，扭转了疫情的蔓延态势，这是其他国家从未有过的。

在 2020 年 2 月 2 日这天，我在社交媒体上写下以下内容：

仅用了 9 个工作日，武汉市第一家新冠肺炎治疗专科医院就建成了。今天，医院被中国军队所属医疗机构全面接管。从明天开始，医院就将接收感染病例。

这家医院有 1000 张病床，并配备了先进的医疗设备和设施，足以弥补当前市内医疗资源的短缺。这将是疫情中的一个重大转折点，因为这家医院将覆盖武汉全市，这是政府迈出的重要一步。另外，在接下来的三天中，第二家专科医院的建设也将完成，该医院可容纳 1500 张病床。

中国正处于一场旨在保护人类的真正战争中，过去几天证明，中国的优先选项是人类的安危而不是经济。武汉封城极大影响了中国的经济，因为武汉位于中国的中部，是几乎所有陆路和内河运输的中转站。但是在需要保护人类生命的时刻，政府毫不犹豫地作出封城的决定。

武汉加油！

中国加油！

春季请愿

第二天早上，学院的外国学生事务负责人佩里给我发来一条信息，询问我的体温。在那段时间里，我开始了昼夜颠倒的作息，白天睡觉，晚上醒来。由于我的手机处于静音模式，所以白天接不到任何电话或短信。中午醒来后，和往常一样，我拿起手机准备查看今天的疫情情况。我看到佩里给我打了不止一个电话，她肯定很着急，怕我出什么事。量了体温后，我赶紧打电话告诉她，我的体温为36.8度，在正常范围之内。我没有感染新冠肺炎，只是季节性咳嗽。

在准备早餐时，我收到一个黎巴嫩朋友拉伊德（Raed）的信息。这时几乎已经是午餐时间了，他告诉我说有条消息让他很受感动。现年79岁的黄锡璆，在春节前写了一封请愿书，坚决要求参与抗击新冠肺炎疫情的斗争。黄锡璆说："我是一名中国共产党党员。虽然与年轻同事相比，我的精力没那么充沛，但是我的经验很丰富。我在非典期间有建立小汤山医院的实践经验，我随时准备参加抗击新冠肺炎的斗争。"黄锡璆博士在2003年非典期间

第三章　真相与谎言

临危受命,在7天内完成小汤山医院的设计建设任务。该医院在两个月内收治的非典患者治愈率超过98.8%,1383名医护人员无一感染,被世卫专家称为"医疗史上的奇迹"。

"黄锡璆的请战书体现了他对人民的归属感。"我告诉拉伊德,我和他一样受到触动。拉伊德说:"我向你发誓,我在读新闻时哭了。"这种高尚的行为的确令人感动,这寄托了他对祖国的感恩之情,也为下一代孩子们树立了榜样,播撒了爱与奉献的精神。而我

▼2020年2月2日,空军出动8架大型运输机空运军队支援湖北医疗队抵达武汉天河机场。(图片来源:新华社)

远方的祖国，我们同样满怀着爱与奉献，却只收到了冷遇与忽视。尽管如此，我们仍然热爱祖国，希望我们有朝一日也能像黄锡璆一样报效祖国。拉伊德补充说："这是一场道德与价值观之战，这将是整个东方世界的胜利。"

来武汉的医疗志愿者人数不断增加，全市的医疗队伍已全部投入医疗救治工作，他们需要紧急支援。此外，方舱医院将床位增加到45,000张，这意味着我们需要越来越多的医务人员。我意识到，我在这里用了"我们"。是的，这就是我的价值观，这里的人民是为人类而战的人，他们的战斗就是我的战斗。最重要的是，我们所有人在这一时期都在与中国人民一起奋斗，在斗争中我们也成为了中国人民中的一分子。反过来，中国也在这困难时期给了我们这些外国留学生所需的一切。

中国政府决定，将所有感染新冠肺炎的病例隔离在专门的场所，而不是留在家中。现在的情况与之前不同，之前医疗系统承载力不足，症状较轻的患者需待在家里，为重症患者留出病床。而现在，新的医院拔地而起，所有疑似病例、确诊病例都可以在医院里接受治疗。即使症状轻微的人也必须去医院。因此，这里的医院分成了两种类型：重症医院和轻症医院。专家对患者的随访也有助于处于早期阶段的患者接受治疗。此后，死亡人数显著减少，治愈病例明显增加。

我每天都能看到载有这些医务人员的飞机抵达武汉的视频。武

第三章 真相与谎言

▲2020年2月10日，在武汉客厅方舱医院，患者跟随医护人员做"呼吸操"。（图片来源：新华社）

汉人民把他们称作"英雄"。截至2月中旬，有超过45,000名医务人员奔赴武汉。方舱医院内部传出的图片和视频极大地鼓舞了我们。基于传统中医医学，运动是增强免疫力的关键，因此护士引导患者跳舞，他们在欢乐的气氛中整齐划一地做着动作。

在其中一个视频中，一名护士跳起了维吾尔族舞蹈。我很容易辨别出舞蹈的背景音乐，它与库尔德和土耳其音乐非常相似。音乐中的乐器声类似于一种阿拉伯传统乐器"布祖格"。当然，我无法看出护士的相貌特征，因为她从头到脚都穿着防护服，以保护她免受感染。但是她的舞蹈动作毫无疑问是维吾尔族舞蹈。我把视频发送给梅，问她："这个女孩是新疆维吾尔族人吗？"她说："是的，这是维吾尔族音乐。"我问她："我该如何向人们解释，那些谣传在中国遭受杀戮的人，正在武汉做志愿者？"她说："逆境中的中国各族人民，包括维吾尔族同胞，就像一个拳头一样。我们团结起来，就没有人能分开我们。"

我读过很多有关"逆境"阶段的内容。我确信，对于那些忍受过当时所有苦难的人来说，今天的居家隔离并没有多难。以下是我在脸书主页上写的内容：

中国人民自古以来就明白，正如中国国家主席习近平所说，"幸福不会从天而降"，"幸福都是奋斗出来的"。

学习过中国古代史和现代史的人都非常清楚，这里没有"不可能"这个词。是的，中国是一个强大的国家，最重要的是中国人民有着无畏的战斗精神。

相信用不了多久，笑声就会重新回到他们的脸上。

第三章　真相与谎言

双标超级英雄

　　作为好莱坞的主要意识形态之一,拯救世界的"超级英雄"是帝国主义强大而有力的宣传工具。通常,救世主都是美国人,在电影中独自面对威胁人民的邪恶力量,最后升起美国国旗。比如约翰·兰博[1],他是好莱坞的超级英雄之一,仅靠一个人就占领了数百个越南村庄,杀死了数千名越南战士。然而,实际上,美军在越南抵抗运动的打击下表现得并没有那么英勇。将"超级英雄"思想嵌入西方公众意识,这是一种欺骗的策略,也是西方个人主义意识形态的一部分。至于救世主,只存在于想象中。

　　"个人自由"的逻辑已迅速转变为自私的逻辑,在流行病蔓延的威胁下不考虑其他人。这就是导致某些西方国家的民众,以侵犯了他们的人身自由为名,拒绝在病毒传播之初采取居家隔离措施,导致了新冠病毒在这些国家广泛传播。事实证明,在疫情面前,一个人不可能拯救人类,却有可能将疫情变成大流行病!这就是在某些西方国家发生的故事。

---

　　[1]　约翰·兰博是美国电影《第一滴血》中的退伍老兵。——编辑注。

这种逻辑与自由无关。拒绝义务导致了流行病对社会的巨大破坏，这时还奢谈什么个人自由？

没有平等与正义就没有自由；没有平等与正义，自由就只能是一个口号，在现实中是无法实现的。当你一无所有的时候，怎么能有自由呢？你如果每天都必须出售自己的劳动力才能活下去，在这种情况下，你是"自由"的吗？你只能自由决定如何出卖自己的劳动力，只能决定是选择出卖劳动力维持生存，还是选择保留它然后饿死。无论哪种方式，你都可以自由决定，但这两种选择的结果都是陷入经济奴役的笼子。

穷人的"个人自由"与富人的"个人自由"平等吗？自由具体是指什么？人们是否能平等地行使这种自由？特别是在像美国这种阶级固化极其严重的国家。答案是否定的。穷人的个人自由处于其经济潜力的极限，也就是处于获取他们生存必需品的边界。因此，实际上，他们没有自由。

自由常常伴随着剥削、饥饿和死亡，以及每天都会害怕遭受失业或失去家园的危险。只有富人才会从这些言论中受益，他们有权以"个人自由"为名剥削他人。

一个人可以传播病毒，但可以肯定的是，他无法独自对抗流行病。与新冠病毒作斗争需要社会团结，并承诺遵守整个团体的规范，而不是坚持个人主义。官员和专家都应向所有人普及危机的起因和应对方法。中国人就是这样做的，这也正是许多西方国家公民没有做到的，最终导致了新冠肺炎的大暴发。我们再说一遍，问题和解决方案都在政府管理制度中。

中国已经证明，逆境时的整体解决方案是维持社会的统一稳定。这就是武汉人民的团结与集体主义精神，这不止存在于武汉人民中，也存在于中国各族人民中。团结才是救世主和英雄，是中国遏制新冠疫情的密钥之一。

但是，西方新自由主义意识形态总是在寻找自己的机会。西方人永远想象不到"全民英雄"的场景。相反，西方人认为，必须有一个英雄，一个人，当然是一个美国人，来杀敌作战。如果不存在，那就发明一个，即使会违背逻辑与现实。这就是现状！

当现实中出现了一位英雄，他们就用媒体机器对其进行改造，或者误导媒体进行歪曲叙述，以此来服务他们的目标和思想。

这就是在社交媒体上流传的一个故事的来由，题目为《一名中国吹哨人医生之死》。这是一个什么样的故事？让我来告诉你。

2月7日，一名中国医生死于新冠肺炎的故事传遍世界。这位医生叫作李文亮。

有关注者在脸书上询问我是否认识这位医生，并附上某网站的一则新闻报道，标题是《一位勇敢的医生用生命揭露中国当局的故事》。报道称，他在官方公布新冠肺炎之前就报告了疫情，警方因此警告并拘留了他。他为自己的英勇行为付出了代价，很快被病毒感染而去世，中国政府却一直封锁相关消息。

我很关心医护人员的情况，因此听说了一些故事。关于有人感染或死亡的每条新闻，在武汉都广为流传。

我回答他："他是眼科医生，怎么可能发现这种病毒？这不是他的专长！"我阅读了新闻的详细内容，不实的夸大令人震惊。我给我的朋友梅打电话，询问了她这个事件。她只是给我发送了李医生的照片、一份警察要求他在2020年1月3日签署的中文文件以及一段录像，录像中钟南山谈论这位医生并称他为英雄。

我不无调侃地告诉她："嗯，我怎么能理解这份文件？这是我第1000次告诉你不要用中文发送文件。我无法与我的关注者分享它。我如何理解你说的话？你真是为难我呀。"

她说："这是李医生于2019年12月30日在社交媒体上发布的警告，称武汉正在流行感染一种病毒。"

他在社交软件中告诉人们，未知病毒可能是SARS重新暴发。在1月27日武汉医务部门发布官方信息之前，尚不知道病毒的类型。李医生在被警方训诫之后，恢复了正常工作，但不幸的是，他在工作时感染了新冠病毒。我问梅："钟南山为什么称他为英雄？"

她回答说："谁说他不是英雄？所有的医务工作者都是英雄，我们将永远不会忘记他们对武汉所做的一切，他当然是英雄。"

我对梅所说的话感到惊喜。在发生所有这些事之前，我认为她像许多受新自由主义思想影响的中国年轻人一样，全盘接受了美国的逻辑。李文亮医生本人也不例外。但是有人试图夸大他的故事并扭曲其背景以符合自己背后的目标。李医生在武汉和他的同事一起与这个看不见的敌人战斗，尽管他本人感到并警告过危险，但他并没有停止工作，因病英年早逝，成为这座"英雄之城"的英雄。

两个月后，梅问我："你还记得李文亮医生吗？"我说当然。她说："你还记得西方媒体对此的描述吗？"我说当然。她说："好吧，你看看，美国人对'罗斯福'号航空母舰司令做了什么？"她指的是那艘士兵大规模感染新冠肺炎的美国航空母舰。

五角大楼解雇了"罗斯福"号航空母舰的舰长。我笑了，因为我看到两个经过相似结局却相反的故事。"罗斯福"号航空母舰在执行任务期间，舰上超过100名水手感染新冠病毒。舰长布雷特·克罗泽向海军高层写了一封公开信，说"我们不在交战状态，不应该这样向着死亡航行下去。如果现在不采取行动，我们将无法保护我们的水手们"。他呼吁采取果断行动，将航空母舰撤离，舰员上岸后隔离两个星期。这看似不寻常，却是必要的措施。

▲前"罗斯福"号航母舰长布雷特·克罗泽,2020年1月17日摄。(图片来源:新华社)

公开信传到美国高层后,美国总统特朗普表示认为这封信"不合适"。他说:"他身为一艘巨大的核动力航空母舰舰长,不应该在公开信中这样说话。他可以打电话,提出要求和建议。"由于总统认为公开信"不合适",这位负责任的舰长被免职了。我在想,如果这位舰长将此消息发布到脸书或推特上,特朗普会如何对待他?会把他当作美国英雄和救星舰长吗?

这一事件赤裸裸地表明西方的"双重标准"。正如我们之前提到的,西方最初认为武汉的隔离措施是对人权的侵犯。当病毒开始在其他国家传播时,各国纷纷采取类似措施,西方却又开始指责中国没有及时采取此类措施。

第三章 真相与谎言

假新闻

此前，我不清楚假新闻具体如何传播，以及传统媒体平台如何卷入这场毁灭性的游戏。当我成为很多媒体的关注目标后，我初步了解了新闻行业幕后的事情。以下是 2 月初发生在我身上一个真实的故事，我在我的脸书主页上记录了这则故事。我向自己保证，不公开新闻工作者或媒体的名字，因为我不想曝光他们，我只是想展示假新闻如何像病毒一样传播扩散。

"你说：武汉市形势严峻，人们纷纷死去。"

这句话，来自一个就职于某影响力巨大的欧洲媒体（拥有几乎所有语言的电视频道）的女记者之口。我们讨论了武汉的情况，并商定将通过间接的方式完成采访。由于时差原因，我们难以在双方合适的时间完成连线。于是她向我提前发送问题，之后我再录制一个视频回答她的问题。

她通过 WhatsApp 向我发送问题录音，问了我以下问题，在此我将完整地还原：

"武汉怎么样？当然，我不希望您告诉我情况很好！我想认真了解情况，我知道情况很严重，病毒到处传播，患者纷纷死亡。我的意思是，我希望您的答复是我想传达的那种新闻，而不是每个人都在谈论的情况！"

我感到震惊！这算什么？我告诉她，"如果您的问题都已经有了答案，那还要我来干什么？"

然后我对自己说，要积极地处理这件事。我走出家门，然后用实时视频软件给那个记者拨过去，镜头直接对着武汉的一条街道拍摄。那里的生活几乎是一片正常，街上有一些路人，大多数商店都开着门。

我对她说："您好，这是从武汉街头直接传来的画面。您是打算播出这些画面，还是想播出那些不在武汉的媒体描述的景象？"她叫来她的一位同事（非阿拉伯人），对他说："瞧，这是武汉来的画面。"然后她回答我："当然，我想让你传达真实情况，因为你在那里。但是那些媒体描述的情况在哪呢？"这时她正好要进地铁车厢，我们约好之后再通话。

当然，我主动跟她视频通话的目的是间接让她打消采访我的念头。因为，我不想扮演一个鹦鹉学舌的角色。

但故事没有结束。我在脸书主页上记录了这个故事，但没有提及媒体和记者的名字。很快，这个记者联系了我，让我删除主页上的帖子，不然将和我回帖对线。我告诉她，你有权利做你认为合适的事情，但是我也有权利做出回应，之后我将发布我们的通话录音。

不过她抢先发布了我们之间的聊天录音，但不包含她的问题以及对我回答的"指导"。我通过中间人转告她，给她五分钟的时间撤回，否则我将发布完整版聊天录音，这不符合她的利益。五分钟后，她撤回了录音。

现在，我重新讲述这个事件，只是为了告诉读者，很多媒体从武汉传来的新闻都是预先准备好的，并不能反映现实。就像那个记者，她只想根据自己的想象来描述武汉，而不是根据事实。

这就是假新闻和媒体战。

隔离的第二阶段

在急性咳嗽几天后,我的健康状况开始稳定下来,而且自从"宿命之夜"以来,我的体温再未升高。我开始意识到,没必要过度焦虑,我应该只是季节性咳嗽。因此,当有人出现症状向我寻求建议时,我变得更加有经验了。但是咳嗽还是需要服用药物,不然症状就会一直持续。

梅向我提供的中药并不管用,齐娜帮助我找的类似中药的药物也未见效。我给黎巴嫩的一位朋友打电话,了解到我之前常用的一种止咳药的名称。然而,这种药物用来治疗急性咳嗽,而咳嗽又是新冠肺炎的典型症状之一。正如我之前所说,政府已经开始要求任何有症状的人主动报告并接受检查,如果确诊感染,将被直接转移到隔离中心。所以我很犹豫,害怕会引起注意。

但是我的症状变得越来越难以忍受。于是我走到小区大门,准备去位于街道另一侧的一家药房买药。小区出口聚集着许多志愿者。看来,新措施已开始实施。我对志愿者说,我想要出去。一名志愿者说:"现在您可以每三天出门一次。不过您需要填写这张卡，写下您的公寓号。"

但是我没有记住我的公寓号，于是我向她解释了公寓的确切位置。就这样，我去药房买了止咳中成药，但我估计它不会起作用。这种药物对我来说显然不太温和。

一周后，令人讨厌的咳嗽症状还在持续。我再次来到小区门口，打算去买药、水和录像带。但是这一次我被告知"禁止外出"。志愿者说："您可以通过网络订购所需的一切。送货上门业务已经恢复了。"

从封城的第一天起，政府就暂停了所有形式的送货上门服务。我了解到，快递小哥们都接受了核酸检测以确保安全，并且在经过14天隔离之后才被允许重新工作。居民们被要求除紧急医疗状况外，不得以任何理由外出。若发生紧急情况，可以联系小区志愿者，后者再与主管部门进行沟通。如果确诊感染，则禁止开私家车去医院，而应由社区在对病例进行初步评估后将患者转移到专门地点。

从封城起到2020年2月中旬，封城措施已变得几乎100%严格。因此，直到大约一个半月之后，即三月下旬，我才被允许离开家。此时，这座城市正在努力恢复中。

希望就在前方!

从武汉封城的第一天起,我就很乐观。我选择乐观作为自己的处世风格。只有保持乐观才能为更好的生活而奋斗。

武汉的一切都延期了:这座城市以美丽的春色闻名于世,樱花已经盛开,春芽、花朵和花瓣的艳丽色彩正等待着人们见面。新冠肺炎疫情推迟了约会的时间,延误了市民庆祝传统的春节假期。除了防疫抗疫,一切都被推迟了。

我们正在挑战一个未知而猛烈的流行病。我们还正面临着比新冠病毒本身更危险的谣言病毒。谣言病毒传播迅速,足以给人民造成恐慌。我们不害怕谣言病毒,你见过一个害怕战争的战士吗?战争最简单的是肉搏战,最困难的则是后防线被敌人袭击,尤其是当它针对的并不是前线的战士。在经典战争中,最困难的是心理战和媒体战。今天,谣言病毒正在通过误导和散布恐慌向我们发动一场心理战和媒体战。

在我看来,新冠肺炎疫情是人类的共同敌人。在这场战斗中,胜利将会属于全人类,病毒一定是失败者。但是,美国显然有另

第三章 真相与谎言

一种看法。

从武汉封城的第一天起,谣言和恐吓就开始了。美国商务部长公然宣称美国经济将会受益于中国所发生的一切。自那时起,美国就一直在敦促其国民从武汉撤离,并要求其他国家效仿。直到今天,也就是武汉封城后的 23 天,世界卫生组织仍在强调,没有必要从武汉撤走外国公民。美国人完全关闭了与中国的人员往来,他们以新冠病毒为借口,试图推动整个世界停止与中国的商业合作。他们相信,这样将会实现他们长期以来的一个梦想。

除此之外,它的媒体机器和网络水军还以各种语言传播谣言,企图使中国成为世界各国的敌人;美国政客自己不愿意和新冠病毒作斗争,却在各地发起种族主义运动,散布"中国病毒"谣言;利用意识形态这一最有用的工具,欺骗世界各国人民,妄称他们是人类的救世主,是各民族的保护者;美国政府的所作所为除了树立敌人、散布恐慌制造恐惧以及带来各种暴力战争之外,别无他用。

在国内,美国少数族裔饱受欺凌排斥,在政治、经济、文化、社会生活等各个领域面临长期、广泛、系统性的歧视。仅就美国印第安人而言,美国政府对其长期实行惨无人道的种族灭绝、隔离、同化政策。在建国后的近百年时间里,美国通过西进运动屠杀了 100 万左右的印第安人。至今,美国社会仍存在根深蒂固的种族偏见,前期印第安人被杀,有很大一部分是欧洲殖民者所为。

美国人欺世盗名，自诩是民主的保护者和传播者。他们在阿富汗、伊拉克发动侵略战争，残忍杀害当地的巴勒斯坦人、阿拉伯人和其他各族穆斯林。

美国人一直秉持零和博弈的冷战思维，直到今天依旧如此。在他们看来中国新冠病毒的传播是巩固其世界霸主地位的宝贵机会。

从1月22日晚上起，在武汉生活的1000万人民被要求待在自己的家里，非必要不离开。我从1月23日开始在家里撰写文章，除非有必要，否则绝不出门，这是我理性的承诺。中国政府组织中国人民系统、科学地防控新冠肺炎疫情，在历史上是前无古人的。具有讽刺意味的是，现实与美国那些造谣污蔑、甩锅抹黑的报道不同，武汉人民生活井然有序，不需要依靠军队和警察来强制实施封城政策。

我从一开始就说过，善于战斗和指挥的一方一定会赢。在经历了这段时间之后，我想重申，一个不受心理战影响，且不受谣言影响的国家和人民，知道如何承担责任，如何在困难时期把全国各族人民团结在一起，这样的国家和人民让我看到希望。这里没有种族歧视，没有民族或宗教分裂势力蛊惑人民。中国共产党作为执政党，将人民的安危视为最关心的事项，坚持人民至上、生命至上。中国共产党的宗旨，就是为人民服务。

武汉樱花树下庆祝胜利的日子即将到来。中国和中国人民必将胜利。

第三章　真相与谎言

起落

尽管我每天都在收集疫情数据，并将其输入到表格和图表中，但是直到武汉封城后的第 17 天，我才开始发布这些数据。我确信，从封城开始至少经过 15 天后，效果才会慢慢显现。

▲ 在位于南湖的公寓里，每天收集数据、分析疫情走向成为阿德汉的主要工作。图片摄于 2020 年 3 月 2 日。(图片来源：作者)

2月8日是我发布数据的第一天，数据后面加上了自己对于疫情走向的分析。对我来说，这非常愉快的事情：首先，根据数据分析现象是我喜欢的工作。其次，通过分析我可以慢慢看到希望。确实，无论是在武汉还是在全中国，病毒的传播途径都经历了一个上升阶段，然后开始下降。这使我们确信，胜利只是时间问题。一方面，完全隔离使我们几乎不可能被感染；另一方面，数据显示，每天新增病例在减少，治愈病例则显著增加。

当我发布第一个图表时，曲线已经到达顶部，并开始下降。这意味着我的估计是正确的。我本来预计在封城的第14天（即2月6日）达到曲线的峰值，之后开始下降。当然，这不会是一个稳定的回落，可能会不时地略有反弹，但是总的趋势将会是下降的。

接下来，我将截取几个重点日期，与大家分享我在脸书主页上根据每日数据做的专题分析文章。

2020年2月7日数据

图1显示了中国每日新冠肺炎感染病例数走势。

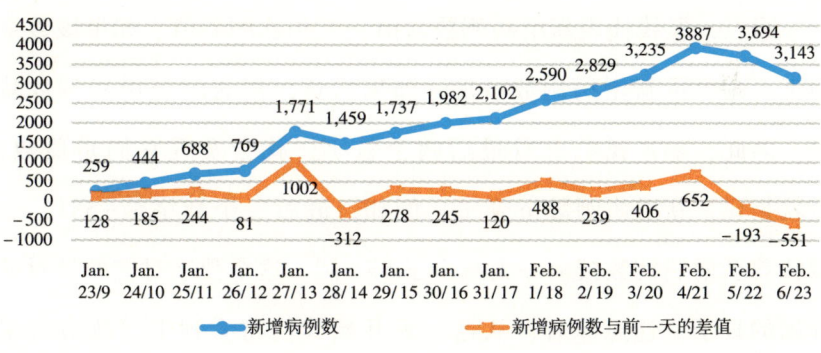

图1　中国新冠肺炎新增病例数走势图

正如我之前所指出的，曲线达到最高水平后将开始下降。图表从1月23日开始，直到前天，也就是2月6日。如果没有特殊情况，曲线将在未来几天保持下降趋势。

首先，请大家注意，我在x轴上放置了两个以"/"分隔的数字，例如Jan 23／8。数字23表示病例确诊的日期，数字8表示该病例可能患病的日期。这个数字总是在病例确诊日的前14天，也就是病毒在人体中的平均潜伏期。从这个意义上讲，今天的确诊病例并不意味着他是在昨天感染的，而是在大约 14 天之前。

其次，从代表每天新增病例的蓝线来看，直到 2 月 4 日，感染人数一直在增加。他们大概是在 1 月 21 日感染的。之后，新增病例开始缓慢下降，这得益于 1 月 23 日武汉开始实施封闭隔离。由于隔离措施已在全国范围内推行，这种下降趋势预计将在未来几天继续保持。

第三，橙线代表新增病例数与前一天相比的差值。如果该数字为正，则表示新增病例数增加；如果为负，则表示新增病例数减少。因此，如果我们查看最后两个数字，就会发现它们是负数，也就是说，新增病例数下降了。例如，最后一个数字是 -551，这意味着新增病例数较前一天减少了 551 例。这个数字对应的是封城开始的日子，这意味着，从这一天开始我们将看到中国政府所采取措施的成效。

最后，我预计新增病例数将继续减少，虽然仍会有波动，但不会影响总的下降趋势，特别是在中国严格执行隔离措施的情况下。病毒暂时被遏制，并不意味着危险将就此消失。要想战胜病毒，还需要研发疫苗或相关药物，而根据报道，研发工作已取得积极进展。

第三章 真相与谎言

"恐惧将军" —— COVID-19

距离学校寒假结束只有三天。2月11日上午,大学给我们发送了一封电子邮件,表示因为武汉仍处于完全封闭状态,目前无法开学。学校要求所有学生为远程学习做好准备,部分课程将于2月15日上午通过特殊的数字平台授课。邮件中强调,留在中国尤其是武汉市的学生,必须每天填写健康表格。中国以外的学生现在可以推迟返校的日期,有任何新情况学校都会立即通知大家。

2月11日上午,我的姐姐哈南向我发送了一则黎巴嫩电视台发布的报道,她激动地说:"报道谈到了中国新冠病毒和大量的新冠肺炎患者康复案例。他们特别做了关于武汉的精彩报道,一个中国妇女说话十分感人。我希望父亲看到这个报道能减轻他的紧张感。"我笑着回答她,"那当然,我可是他的儿子。"

2015年,世卫组织发布准则,呼吁不要将病毒性疾病与暴发地区的名称联系起来,例如西班牙流感或马耳他热等。因此,在"新型冠状病毒"暴发之后,考虑到这些准则,有必要给出由该病毒引发的疾病名称。因此,世界卫生组织总干事于2月11日晚宣布了该疾病的官方名称，即"COVID-19"。这一名称是"Corona（冠状）""Virus（病毒）"和"Disease（病症）"的首字母缩写。数字19表示它出现的年份（2019年）。

总干事在讲话中指出，根据世界卫生组织、世界动物卫生组织和联合国粮食及农业组织之间的议定准则，我们必须找到一个不涉及地理位置、动物、个人或特定人群的名称，病毒新名的选用应考虑国家或民族敏感性问题。他强调，"官方名称的发布对于防止使用其他名称来说很重要，有些名称可能会给特定的人或国家蒙上阴影。"尽管世界各地的卫生和科学官员做出了大量努力，避免涉及种族主义的歧视，但美国政府，特别是美国国务卿迈克·蓬佩奥（Mike Pompeo）却不以为然。

当我听到"新冠法西斯主义"一词时，我想起了苏联作家亚历山大·贝克（Alexandre bek）的一篇小说，里面谈到了红军在莫斯科抵抗纳粹部队的进攻。小说主角是一名苏联军官，为莫斯科的最后一道防线而战，"德国人进攻我们广阔的国家时，他们依赖的是什么？在东部战役中，'恐惧将军'走在德国军队最前沿，在他的震慑下，每个街区都向他们鞠躬求饶，或从他们面前溃逃。"

正如亚历山德雷贝克描述的一样，为了赢得这场战争，我们必须直面病毒带来的"恐惧"，并将其击败。只要鼓足勇气，胜利就是时间问题。

第四章 曙光初现

最初，我并不期望能在这场战争中发挥多大影响力。但是，由于身处疫情最初暴发的中心地区，我通过脸书进行了多次直播，我的粉丝数每天都在迅速增加，很多人将我视为了解新冠肺炎疫情的第一站，认为我是有关信息的可靠来源。我真的很高兴，因为我像士兵一样履行了职责。我不起眼的贡献帮助挽救了许多生命。

转折点

尽管我每天都在更新有关武汉发生的情况，但我父亲没有脸书账户，无法追踪我的动态。因此，每天早上，他都会向我发送语音消息，询问我的健康状况和武汉的情况，并告诉我他听到的重要消息，然后我再告诉他我发帖的内容。

2月18日上午，他跟我说："在武汉，情况似乎变得越来越乐观，一位中国医务人员表示，中国有能力控制新冠肺炎疫情并限制其传播，世界卫生组织也证实了这一点。"我回答说，有很多好消息，最重要的是，治愈出院的人数很快将大于新增病例数，这将是一个转折点。

第二天，即2月19日，我预期的情况成真，康复病例数超过了新增确诊病例数。父亲告诉我，有些城市已经开始恢复活力，例如以贸易而闻名的义乌市，那里有许多阿拉伯商人居住生活。我告诉他，治愈的病例数会继续增加，同时现存病例将会减少直至清零。他说："这就是我们想要的。愿真主保佑中国人民。我们看到了希望，但你还是要保持防范和谨慎。"

2月20日早上起床时，我等到了数据带给我的惊喜。全天的新增确诊病例数首次少于1000例，甚至少于500例。这是我从未记录过的数字，也是我一直在等待的转折点。新增感染人数为394，而同一天治愈的病例数为1779。

父亲每天都在通过我确认他听到的关于武汉的消息。我告诉他，今天的消息真是太好了，这里仅记录了394例新增确诊病例，中国13个省连续第三天新增确诊病例为零。除湖北外，其他所有省份的确诊病例数量之和是45。然后我告诉他："不要再告诉我不能出门了，因为我本来就不出去，这是一周前就有的禁令。"

尽管取得了令人鼓舞的成果，但政府的管控措施并没有放松，而且在实行全面隔离方面变得更加严格。事实证明，该策略是成功的，继续执行隔离措施是防止新冠肺炎疫情二次暴发的关键。转折点终于到来，现在我们不再处于防御阶段，而是处于反攻阶段。

以下是我2020年2月18—20日连续三天在脸书上发表的内容。

第四章 曙光初现

刚毅美丽的武汉：
2020年2月17日数据

当绿线（每天治愈出院数）超过红线（新增确诊病例数）时，与新冠肺炎的战争就开始趋向结束了（见图2）。

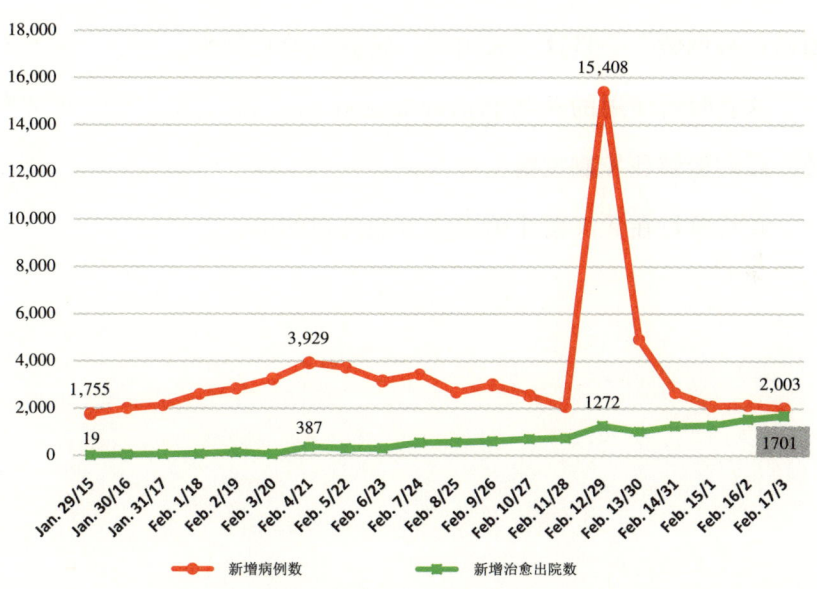

图2　全球新增病例数与新增治愈出院数对比

（数据来源：www.worldometers.info/coronavirus/）

注：1. 以上数据包括所有国家情况，而不仅仅是中国。

2. 4 天前（2 月 12 日），计算新增病例的方法发生了变化，并引入了新的技术来诊断新冠肺炎。新技术无需等待症状出现，而是在早期阶段（例如通过核酸检测）发现新冠病毒感染，这大大增加了当天发现的新增病例数量（15408 例）。

迄今为止，每天新增确诊病例数（红线）一直大于新增治愈出院数（绿线）。今天，这两个点之间的差额（2003 例新增病例-1701 例新增治愈）变为 302。根据我 2 月 18 日截稿时的最新数据，该差额已变为 98，我希望在两天内新增治愈出院数将超过新增确诊病例数。一旦这一天出现，转折点就将到来。

这表明所使用的药物和治疗方法在治疗新冠肺炎方面非常有效，我们能够住控制疫情。

我将履行在武汉樱花树下许下的庆祝的诺言。

第四章 曙光初现

新的开始：
2020 年 2 月 18 日数据

昨天我们谈到了转折点，我估计将在两天后（即明天）出现，但事实上今天就已在中国出现（见图3）。

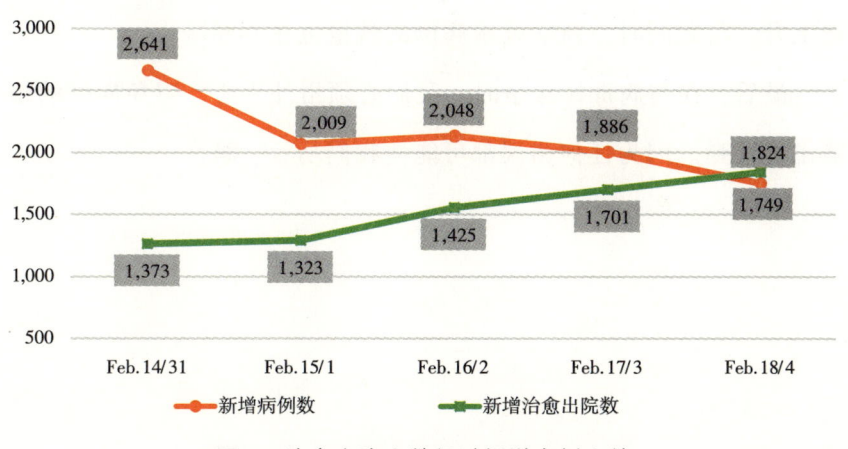

图 3　治愈出院人数超过新增病例人数

首先，治愈出院的人数（1824）超过了新增病例的人数（1749），因此可以在图表的末尾看到绿色（治愈病例数）曲线超过了红色曲线。请注意，最后一天的数字仅限于中国，但与世界的数字几乎相同。

其次，中国许多省份已经连续两天没有报告任何新增病例。这是非常积极的信号，但是防控措施依然没有放松。一些城市，例如义乌（重要的商业城市），已经恢复正常并再次开放。

第三，在新增的1749例病例中，湖北省以外的只有56例，1660例都在武汉。因此，现在所有的努力都应集中在武汉市，从而完全控制疫情。

第四，从确诊病例总数来看，治愈出院者的比例达到20%。这也表明治疗方法和所用药物的持续有效性。我们希望这个比例继续上升。与此同时，新增确诊病例的数量也在不断减少。

最后，在与病毒作斗争时，我们必须格外小心，以免向好的趋势出现反弹。因为任何错误都可能使我们功亏一篑。

第四章 曙光初现

胜利的承诺：
2020 年 2 月 19 日数据

在我们位于黎巴嫩巴尔贾的家附近，有一条非常陡峭的道路，我们称其为"阿姆雷恩河谷滑道（Nazlet Wadi Amreen）"。我们小时候常在那里玩耍，拿一个板子坐在上面，然后从"滑道"的顶端滑到底部，仅需几秒钟，那种感觉就像在飞翔。

在今天的图表中（见图4），新增病例数下降之快就像坐上滑道。

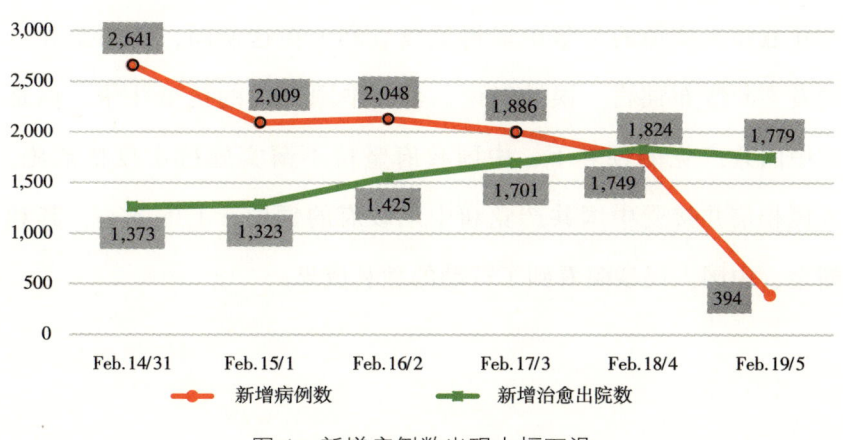

图 4 新增病例数出现大幅下滑

— 175 —

从昨天到今天，新增病例数大大减少（从1749降至394）。治愈病例数仍稳定在1779。请注意，该数据仅限于中国。中国已有13个省连续三天没有报告新增病例。

除湖北外，其他所有省份的新增病例数仅为45例。

与此同时，中国境外确诊人数正在上升，这主要是由于今天位于日本海岸的一艘游轮查出200多人感染。到目前为止，世界其他地区的疫情还是基本稳定的。

尽管我们处于抗疫斗争的最后阶段，但武汉的谨慎和居家隔离政策并未改变，甚至在一周前还收紧了管理措施。即使现在，离开家也是不可以的。这里有送货上门服务，可以提供我们所需的一切，并且送到我的房间门前。

这些防控措施在目前的阶段性成就中发挥了非常有效的作用，但是如果人们不能坚持下去，那将前功尽弃。持之以恒，才能在与新冠肺炎疫情的斗争中取得最终胜利。在这期间，美国及其追随者不断散布谣言、误导舆论，歪曲中国人民的抗疫斗争。但是在中国共产党的领导下，中国政府坚持不懈实施抗击疫情措施，人民相信并接受中国共产党和中国政府的领导。上下齐心，其利断金，中国人民亲眼看到了行动的胜利成果。

你为什么不离开武汉

这是过去 29 天内每个人最常问我的问题。

自从 1 月 23 日上午武汉市封城以来,我一直在努力传达这座城市正在发生的一切真实情况,从不带任何夸张色彩。

我没想到,我写的东西、发布的视频和信息会得到人们如此多的关注。很快,我的脸书主页以及我自己就成为许多朋友,甚至黎巴嫩、阿拉伯以及国际媒体的信息源。

在此期间,我接受了各路电视、报纸、广播和网站加起来的至少 100 次采访。我录制了很多直播视频,直播可以凸显客观性,意味着未经任何修改或编辑。

每次采访开始时,不管是现场直播还是幕后对话,他们问我的第一个问题都是:你为什么不离开武汉?换句话说,你为什么不逃离武汉?这个问题主要源于对我健康的关注。其次,令人惊讶的是,他们觉得我留下来可能会危及生命。事实上,如果我在撤侨时报名,是有机会离开武汉的。

我在武汉并不孤单,在这座城市里,有着数百甚至数千外国人。这没什么可惊讶的，各国人民之间的团结在历史上并非没有先例。例如，在黎巴嫩与中国的发展历史中，有一位伟大的共产党人——马海德博士，他原名是乔治·哈提姆（George Hatem），在中国参加革命并成为八路军医生。同样，伟大的叙利亚共产主义小说家哈奈·米纳（Hanna Mina）在20世纪50年代中国社会主义建设之初来到中国，离开一个充满像他这样战士的国家。尽管苏联共产党和中国领导人发生争执后，苏联决定撤离所有"外国专家"，但他坚持留在中国并帮助中国人民进行建设。

至于我为什么没有离开武汉？我的答案是，我从来不是一个鲁莽轻率的人，如果有人认为生活在一个遭受新冠肺炎疫情影响的城市里就是自杀，那是无稽之谈。我之所以留在这里，依靠的是坚韧的精神，况且中国政府和世界卫生组织一再强调，没有必要从武汉撤离外国公民。但是，从第一天起，美国就开始围绕武汉发生的事情施加压力，系统性地散播恐慌，让许多人误以为，住在这里等于自杀。我清楚自己在做什么，我知道武汉发生了什么，尤其是政府和学校一开始就将发生的事情告知了我们。因此，我决定留下来。

此外，我选择留下还有道德和人道主义的考量。我在这座城市生活了五年，这里的人们用爱心、拥抱、知识和笑声来欢迎我。我享受着充分的安全，我可以过自己想要的生活。我从黎巴嫩大学毕业的时候，面临三种选择：死亡、移民或者摧眉折腰事权贵，屈就于不公的政治体制。但是像许多黎巴嫩人一样,我没有放弃,而是勇敢面对。于是,我来到了武汉,在这里充实自己,直到变得更加强大的时候,再回去建设我的国家。

武汉人民和中国人民在光辉灿烂的日子中拥抱了我,我也应该在他们的艰难岁月中和他们站在一起。作为人类

▲阿德汉在武汉已经生活了五年,他爱这座城市和这里的人民。摄于2019年夏天。(图片来源:作者)

的一员,我心系这场防控疫情的战争,这并不是美国人口中的中国与"中国病毒"的战争,这是一场人类与病毒的战争,在这场战争中,中国首当其冲,即使这次疫情要以牺牲中国经济发展为代价,中国政府也要阻止新冠病毒向国外扩散。

我留在武汉,做了我真正想做的自己,践行了我的原则和思想,成为一名为人类而战的斗士,无论敌人是生物病毒还是资本主义政治病毒。就此而言,我和我在黎巴嫩的同志们没有什么不同。

西方"自由"的代价

玛哈给我打来电话,像往常一样,没做任何铺垫就说:"在意大利,有两个人感染新冠肺炎死亡。"我说,"别害怕,你必须戴口罩,勤洗手,不要去人群聚集的场所。"我开玩笑地说,"酒吧和俱乐部现在都关门了"。她说:"不用担心。我变得理智多了,最多也就是去图书馆学习。但是我感到呼吸困难,也许是心理上的。"

我告诉她说自己也患了感冒和咳嗽,在喝了几天生姜热水后已经康复了。现在体温正常,身体也没什么不适,希望让她感到安心。

她说,恐惧的是,她两天前刚去过米兰。在她离开后,那里发现了新冠肺炎病例,并隔离了250人。我试图让她平静下来,说:"姑娘,我住在一个有45000例病例的城市,你那儿才几个病例有什么好担心的。"她问:"你通过喝水就从感冒中康复了?我的母亲得知意大利有人感染,就让我立即返回黎巴嫩。我在想,如果我在武汉而不是在意大利怎么办?"

第四章 曙光初现

玛哈曾经做过这样的比较，她认为武汉的情况更加糟糕，没人希望留在那里。但是，她不知道的是，新冠病毒已经在意大利广泛传播，很多人仍没有得到必要的诊断和治疗。

这次通话是在 2020 年 2 月 22 日的上午，当时意大利确诊的新冠肺炎病例数为 22 例，但是我估计实际数量会更多。那里已经有 2 例死亡病例，按照经验判断，在某个地方有新冠肺炎患者死亡时，这意味着新冠病毒已经在那里传播了一段时间。

三天后，该轮到我不做任何铺垫给她打电话了："姑娘，不要出家门。自己做饭吧，再不要出去了。"玛哈没有完全清醒，"怎么了？我刚睁开眼睛。"我让她不要惊慌，告诉她当确诊病例数不断增加的时候，意味着新冠病毒正在传播，而民众并不了解。"在过去的几天里，意大利的确诊病例人数大幅增加，达到 292 例。

玛哈说："我在的城市都灵有 3 例确诊。但是昨天我去超市的时候，人们正常地走来走去，没有任何预防措施。"玛哈也不愿意戴口罩，因为那里除了她自己，其他人都不戴。我敦促她出门必须戴口罩，并告诉她我外出时一直戴着。她说："愿真主保佑你，你做得很好，你确实保护好了自己。这里的人们太不当回事了，他们会尝到苦果的。"我说："任何低估疫情的人，都会为此付出代价。"

玛哈告诉我，政府决定关闭体育馆后，她的一位意大利同学带着一群朋友转公共场所继续玩。那里的人们拒绝遵守政府指令，直到政府出动军队限制出行。她说："政府宣布全国放假一周，但好像全世界都把这当作笑话。"的确，我在一段视频里看到意大利的一位市长大声喊叫，要求居民待在自己家里。而以上这些都没有在中国发生过。1月22日晚上，政府只发表了一份公告，人们就都坚持不出门，待在家里。这就是文化差异。一面是西方资本主义的个人主义文化，另一面是中国的集体主义文化。

个人主义文化主要源自自由主义经济原则，例如"自由竞争"和"随心生活"，这些都使竞争和个人主义成为神圣规则，在社会层面上导致极端自私和对人的极度冷漠。例如，在美国，各州之间相互竞争抢购呼吸机，据纽约市市长称，这导致这些设备的价格大幅上涨。联邦政府并未出面干预，而是采取了完全相反的做法，用更高的价格加入抢购，然后优先获得这些设备，并将其储存起来。

这种以个人主义为核心的文化构成了美国的主流意识形态，并通过各种方式在民众中广为传播，从而成为一种集体意识。在秉持自由主义或"狂放的资本主义"制度的社会中，这种意识形态被用来维持统治阶级的地位，来稀释社会中的真实冲突。因此，统治阶层的精英可以借此有计划地掠夺人民。

至于集体主义文化，在中国现代史上一直被社会主义中国所采用。尽管中国部分采用了基于资本主义生产的经济模式，但这种模式不同于西方所采用的模式。在中国共产党的领导下，中国奉行

第四章 曙光初现

▲个人至上的意识形态让美国民众很难服从政府。图为2020年7月19日的美国加利福尼亚州亨廷顿比奇，街道上依然有许多民众拒绝佩戴口罩。（图片来源：新华社）

"中国特色社会主义"。中国阻止新自由主义思想渗透到中国的社会结构中。尽管新自由主义思想在中国年轻人中有一定影响力，但我相信，新冠肺炎疫情暴露了资本主义的缺陷和弊端，有助于提高中国青年的政治意识。在流行病面前，没有人能独善其身，个人的健康构成整个社会的健康，反之亦然。

这两种文化之间的差异不是细节上的差异。例如，中国将经济发展与社会发展看作一体，经济发展兼顾社会发展，尤其体现在收入的合理分配上。中国共产党通过将社会利润重新分配，使全体中国人民都能从中受益,因此中国人民工作得就像一个集体一样。不断提高全体人民的生活水平,就是中国能够消除贫困的秘诀。而在其他经济体中,经济的不均衡增长导致财富在社会的少数人手中聚积,大多数人没有从经济增长的红利中获得收益,所以仍然生活在苦难和贫困中。

一位住在法国的朋友对我说,在新冠肺炎流行的当下,本应加强社会团结,但新自由主义思想反其道而行之。之前,法国流行的

▼2020年3月21日,中国援助塞尔维亚的专家医疗队抵达塞尔维亚首都贝尔格莱德尼古拉特斯拉国际机场,塞尔维亚总统武契奇(左)亲自迎接并与中国援助医疗队员碰肘致意。(图片来源:新华社)

口号是"让他说、让他做",目前已经变成"让他生病,让他死"。即使在这样困难的情况下,物竞天择的逻辑仍然很普遍。

事实上,发展中国家在应对流行病方面比发达国家做得要好。我在一个直播视频中引用《二十一世纪资本论》作者托马斯·皮凯蒂(Thomas Piketty)的话:"如果我们从债务规模的角度来看,富裕国家其实是穷国。如今,如果我们从应对危机的角度来看,它们还是落后的。"

多数西方社会中盛行个人主义。当然,即使在那些社会中,也有团结的阶级性运动,但我们所谈论的是社会整体的普遍性质。在美国等许多地方,这种思想已经变成一种致命的自私,在国家层面亦是如此。当意大利独自面对疫情时,欧盟内部的其他国家却没有站在它的身边。再看看塞尔维亚,塞尔维亚总统发表了令人印象深刻的讲话,他在讲话中将欧洲统一描述为"虚构的故事",并直接呼吁中国伸出援助之手,而中国也很快做出回应。

疫情波及黎巴嫩

我担心意大利的经历在黎巴嫩会重演。黎巴嫩卫生部长在新闻发布会上宣布,在一架来自伊朗的飞机上发现新冠肺炎病例,我在我的脸书主页上写下如下内容:

第一,不要轻视,不要惊慌,谨防谣言。

第二,新冠肺炎是通过近距离呼吸飞沫传播的,而不是通过空气传播的。

第三,新冠肺炎虽不是高度致命的疫病,但正在迅速蔓延。

第四,新冠肺炎最常见的传染场所是公共交通工具(地铁,公交车等)和餐馆、俱乐部等聚集性场所。我们没有什么公共交通工具,大多数黎巴嫩人也习惯在家吃饭,但黎巴嫩一个可能构成极大危险的问题是密切的社会关系和亲属关系,这常常导致人们之间近距离接触。

第五,关于那架伊朗客机,必须采取紧急的预防措施,隔离飞机上所有人,时间是14天,包括全体机务人员和所有的乘客。确诊病人的密切接触者,也都应进行严格的隔离观察。

第六，不应散布恐慌，但必须迅速采取防控行动。

最后，有关部门不要拖延，必须立即采取严格措施。作为回应，黎巴嫩人必须严格遵守这些程序。我建议与在该领域积累了丰富经验的中国政府联系。此外，有许多国家在出现病例之后果断采取措施，并在早期控制住了疫情。

祝大家平安。

黎巴嫩的问题是所有事物都被政治化了。黎巴嫩的政治感染了一种特殊类型的病毒，这种病毒就是宗派主义，比人类已知的任何其他病毒都更致命。不久前，在黎巴嫩各当事方之间的政治斗争中，伊朗的飞机事件被政治化了。许多人认为病毒传播到黎巴嫩的原因是伊朗，一家电视新闻节目甚至以种族主义词组"谢谢伊朗"作为标题。

由于我一直在与西方将病毒政治化的行为作斗争，当美国的种族主义政治家大肆鼓吹时，我坚决拒绝将病毒称为"中国病毒"，也反对冠名为"伊朗病毒""意大利病毒"或任何其他国籍的病毒。新冠病毒没有种族、宗教和国籍。它是人类的公敌，我们必须团结一致。

不要惊慌：
2020年2月26日数据

本文是我于2020年2月27日在我的脸书主页上发布的内容。根据我们得到的数据，在武汉封城后一个多月，也就是中国报告发

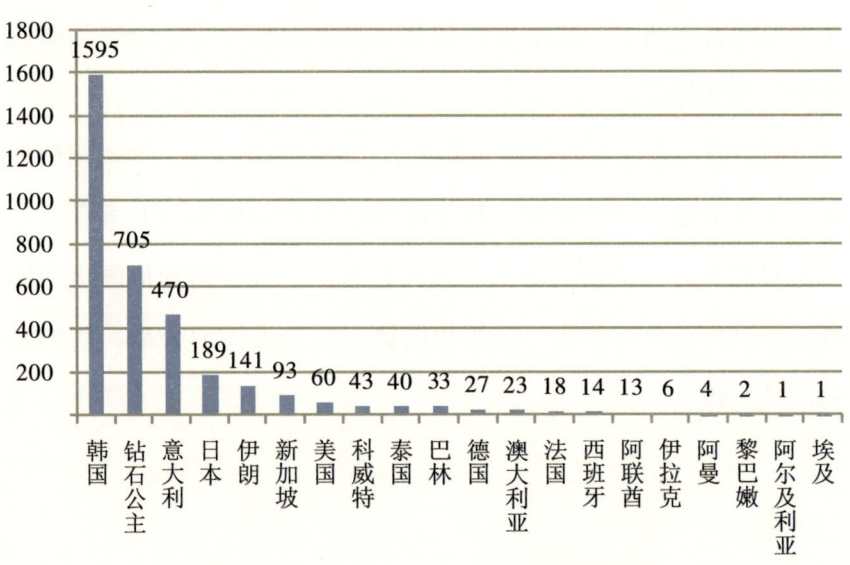

图5　2月26日部分国家和地区的感染人数

现病毒后约两个月,病毒扩散到的国家仍然很少,大多数国家病例不超过几十个。

图 5 显示了除中国以外的部分国家和地区的感染人数。中国的感染人数显著下降,而治愈率急剧上升。2 月 26 日,有 433 例新增病例,其中大部分在武汉,另有 2750 人治愈出院。

图中有 8 个阿拉伯国家出现新冠肺炎病例,分别是科威特（43）、巴林（33）、阿联酋（13）、伊拉克（6）、阿曼（4）、黎巴嫩（2）、阿尔及利亚（1）和埃及（1 例已康复）。

报告新增病例较多的国家是韩国、意大利、日本和科威特。伊朗今天新增 2 例确诊病例,新增 3 例死亡病例,死亡总人数达到 22 例。我认为,伊朗至今还有许多感染病例尚未发现。这种推断基于以下两点。首先,目前在已报告感染的国家中,死亡人数占总确诊病例数的比例在 2.5% 至 3% 之间,而在伊朗,根据官方宣布的数字,这一比例高达 17.7%；其次,阿拉伯国家的大部分感染的病例都来自伊朗或与伊朗境内的人有接触（阿尔及利亚、阿联酋和埃及除外）。当然,我们希望不会再有其他人感染,希望所公布的数字是准确的,但是根据在武汉的经验,我们知道检测并隔离确诊病例的密切接触者,是控制疫情必须采取的重要措施。我对数字的分析源于以上考量。

迄今为止,在中国,治愈出院总数已达到感染患者总数的 41%。这足以使人乐观,因为中国的经验将会不可避免地传到其他国家。中国帮助数十万人免于感染新冠病毒。我相信，由于中国政府和人民在抗击疫情中体现出来的坚韧精神，中国在两个半月的时间里得以阻止疫情的传播，为国际社会赢得了更多的经验和时间。我期待新冠肺炎疫苗早日出现。

玛哈又来了

玛哈最近处于极度焦虑的状态，但是她始终以有趣的方式和我聊天。"医生！我想我应该进行新冠肺炎检查！"玛哈在电话中决定"任命"我为传染病专家。她想征询我的意见，就像每天数百个来自各阿拉伯语国家的人一样。毫不夸张地说，情况真的是这样。

我果断地回答她："不要！不要去医院，医院感染的风险很高。"

3月2日，在意大利发现第一例病例两个多星期后，玛哈发来一个表，显示意大利的感染人数超过1600人。她说："由于无视政府要求，意大利人开始自食其果了。"我告诉她不要像当地其他人一样做，因为一旦犯第一个错误，也许就是最后一个错误了。

不坚持隔离会导致感染率大幅增加，这将极大地增加医疗部门的压力，如果医疗部门崩溃了，医务人员纷纷感染，事情将变得一发不可收拾。如果医疗部门不能迅速提供医疗援助，人们又以个人自由为借口继续过着正常的生活，局势就会更加恶化。这就是意大利正在发生的事情。当中国、古巴和俄罗斯向意大利提供援助时,局势已经失去了控制,大量患者死亡。这与武汉的情况恰恰相反,武汉除了坚决贯彻隔离措施外,还得到了中国其他省份数以千计的医务人员的直接支援。

最重要的是,西方国家普遍缺乏服从精神。他们不是因为不工作就吃不上饭,而是纯粹为了追求所谓"个人自由"和"反抗权威"的快感。只要有人这么做,病毒就会快速传播。而对公民的健康负有道德和法律责任的政府为什么也这么做呢?例如美国政府,一直不作出强制性隔离措施。他们宁愿牺牲人们的生命,也要

▲在美国确诊超650万人的情况下,依然有许多民众不佩戴口罩聚众活动。图为2020年9月13日的纽约多米诺公园草坪。(图片来源:新华社)

保持经济运转，因此没有采取迅速的措施来限制病毒的传播，也没有利用其物质和技术优势来防控疫情。

美国政府并没有推广免费核酸检测，相反，它们在整个2月份都在收取高价，使得成千上万的美国人因为负担不起高额检测费用导致病毒的灾难性传播。面对卫生部门因缺乏政府支持，正遭受设备严重短缺的困扰，美国政府不仅对此漠不关心，反而为减少金融市场的下跌，注入巨额资金救市。金融市场意味着寡头的经济利益，而民众的生命则不值一提。为了转嫁矛盾，他们指定了一个敌人，欺骗世人说那个人才是局势恶化的根源。

这些统治者显示出惊人的自私和种族主义，把最弱的社会群体（我指的是老年人）作为牺牲品。他们认为反正这些"自然"受害者在任何情况下都会死亡，所以这种损失并不重要。这是社会达尔文主义，企图通过老年人口的减少来减轻经济社会负担！

英国右翼首相约翰逊（Boris Johnson）在错过最佳防控期后转而提倡"群体免疫"理论。他说，英国人应该准备与许多亲人道别了！

让我们解释一下"群体免疫"是什么：简而言之，就是让病毒自然传播，直到大约70%至90%的人口被感染为止，然后放任免疫力差的人死亡，幸存的人则会获得免疫力。任何公共卫生领域都没有这类法律。到目前为止，没有证据表明，感染病毒的人会获得免疫力，可以免受再次感染。此外，病毒的快速传播可能会在社会形成群体免疫力之前导致公共卫生灾难，大量感染者将给卫生部门带来巨大压力，在这种情况下，每个人都有死亡的危险，不只是免疫力弱的人。

这种逻辑的根据是马尔萨斯（Thomas Malthus）的进化学说。马尔萨斯把经济神圣化，认为人是为经济服务的，而不是相反。他还认为高人口密度、老年人和残疾人等因素是经济增长的负担，最好摆脱他们。

整个西方国家，从 20 世纪 70 年代开始就逐步退出"福利国家"政策，特别是英国的玛格丽特·撒切尔和美国的唐纳德·里根执政时期。第二次世界大战后，西方国家，更确切地说是西方的统治政权，出于对"共产主义幽灵"的恐惧，提出资本与劳动力之间所谓的"历史解决"方案。但是，这种妥协方案自 20 世纪 70 年代以来就崩溃了，社会福利开始下降，阶级差距再次拉大。西方国家忽视了为公民提供最低程度保护的部门，例如教育和卫生部门，而后者的缺失，其后果将以前所未有的方式暴露于这场危机中。

疫情危机揭示了这些国家统治者心理与科学理论之间的巨大矛盾。人们会不听政府的指示倒是还可以预期，但是谁能想到，英国首相约翰逊在新闻发布会上公开宣称可以随意握手和拥抱，真是可笑又可怕。尽管科学家和医生警告不要违反社交隔离规则，但这些曾经以科学精神标榜的国家，如今却听不进去科学家的话。

第四章　曙光初现

中国和其他东亚国家所发生的情况则恰恰相反，那里实际上是科学家和公共卫生专家主导处理着这场危机。

最明显的例子，就是美国总统特朗普。他作为种族主义和民粹主义政治家的代表，正在亲手毁灭着自己的国家！一个小时前他说这只是流感，一个小时后又说病毒会像奇迹般消失，还预言当气温升高时病毒会死亡等等。这些鬼话与科学背道而驰，早在3月初或者更早时间，美国人就知道新冠病毒已进入美国并开始传播，但是美国政客出于政治利益，将疫情政治化，对公共卫生专家的建议置若罔闻，使得病毒在美国迅速传播，数万美国人染疫丧生。

我的许多欧洲朋友，尤其是在伦敦的许多朋友与我保持联系，一起讨论那里发生的事情。他们中的大多数人被欧洲人的举动所震惊，正如他们告诉我的那样，那里的人我行我素，过着不受约束的生活！

例如，与伦敦一家人住在一起的黎巴嫩朋友拉拉（Lara）说："我很惊讶地看到他们无动于衷，很明显，他们不想被束缚……他们坚信自己永远是对的！首相告诉他们可以正常生活，他们竟然接受了！他们把注意力转移到中国或世界其他国家的行为上，嘲笑似的看着别人，好像他们拥有别人所没有的自由！"然后她补充说："有一个中国家庭，与其他本地父母不同，三周前就不送儿子去学校了。这个家庭不理解学校为什么还没有关闭。"她接着说："在这里的中国人也严格遵守隔离和预防规定。我认为我们应该做同样的事情。"

  我的一位住在加拿大的朋友也对中国人表示惊讶和钦佩。"自从武汉封城以来，我们公司的中国员工都戴着口罩和手套来上班，与他人保持两米的距离。这是一种集体文化。无论走到哪里，他们都会遵守它。"

没有不可能：
2020 年 3 月 2 日数据

日新增病例数继续下降。除武汉以外的中国其他地区，每天新增病例少于 15 例，武汉市每日新增病例数也达到一个多半月以来的最低值（114 例）。

图 6 显示了中国（红色）的每日新增病例数，今天新增 125 例，而两周前的每日新增数是 2000 例以上，甚至达到过 15000 人。相比之下，绿色显示的是每日新增治愈人数，自大约一周以来，这个数字保持了 2500 例左右的较高水平，今天治愈人数已达到了病例总数的 59%。也就是说，感染新冠肺炎的人中，有 59% 已经治愈出院了。目前，感染总数为 80151，治愈病例总数为 47204，死亡病例数为 2943，因此仍留在医院的只有 30084 人。

另一个重要指标是预期感染的数量。这个数量表明病毒的传播程度和情况的严重性。如果该数字每天都在增加，则意味着病毒尚未得到控制，传播仍在继续。在中国，这个数字此前一直高于新增病例。但是两周前，它开始急剧下降，这意味着当前的措施起到了效果，所有的密切接触者、疑似病例、轻症病例都已被隔离开并防止他们与其他人接触。因此，新发感染的可能性大大降低。

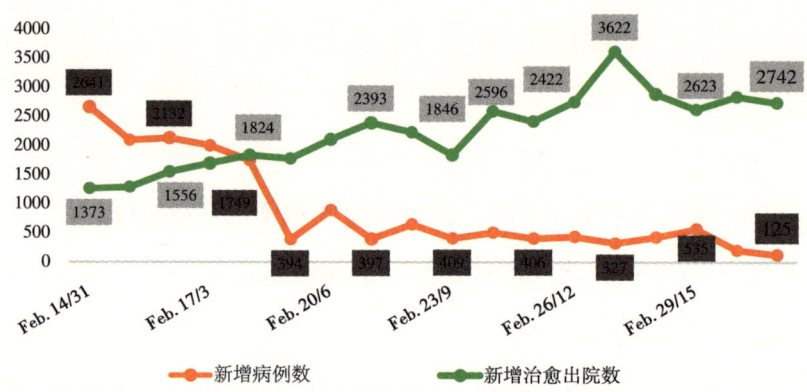

图 6　中国每日新增病例及治愈数

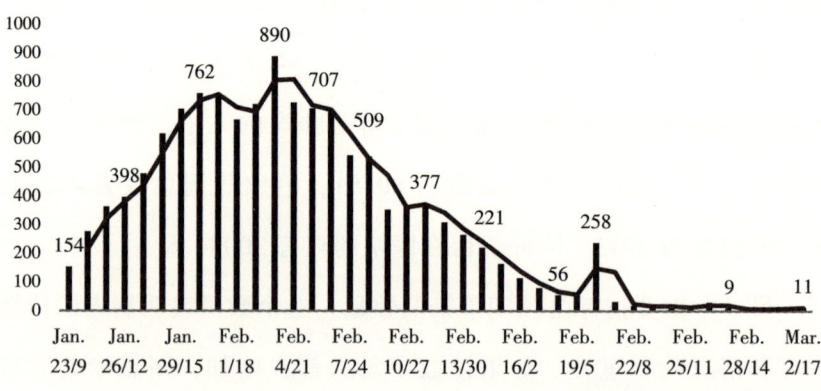

图 7　中国除湖北省外每日新增病例数

图 7 是中国除湖北省（包括武汉市）外每日新增疑似和确诊病例数。该图显示，在过去的 11 天中，数字持续下降，保持非常低的水平。例如，今天除湖北以外中国所有地区的新增病例是 11 个，仅限于三个省。中国大部分省份在连续几天零新增病例后已恢复正常。

结论：当前尚未完全摸清新冠病毒的传播机理，除了完全隔离确诊病例、疑似病例及其密切接触者外别无他法。实施和遵守隔离程序刻不容缓，否则最坏的情况就会到来。我们不能屈服于恐慌，而是要为对抗恐慌做好准备。

希望和爱的勋章

　　自从新冠肺炎疫情传入黎巴嫩，疫情的政治化就成为黎巴嫩的主要议题。黎巴嫩各政党及其支持者在以美国、欧洲及其盟友为轴心的政治势力与以伊朗、叙利亚及其盟友为轴心的政治势力之间已经分裂了近二十年。因此，"谢谢伊朗"的标签在社交网站上扩散，这是一种愤世嫉俗的表达，意在指责新冠病毒从伊朗被带到黎巴嫩。新冠肺炎在黎巴嫩的首位确诊患者，是从伊朗坐飞机到达贝鲁特的乘客。这一事件被广泛用来打击伊朗的支持者。由于黎巴嫩人充满讽刺精神，该事件变成了对整个教派的种族嘲弄。实际上，政治病毒本身就具有教派特征。

　　之后，当新冠病毒肆虐于意大利、西班牙和美国时，西方轴心的支持者也收到了回应，反讽活动再次开始，"法国牌病毒"标签到处传播。一名支持西方轴心的黎巴嫩人在巴黎感染了新冠肺炎后返回黎巴嫩，被贴上"Virus Made in Italy"（意为"意大利制造病毒"）的标签。

　　不幸的是，媒体助长了种族主义行动，加剧了社会紧张局势。

对我而言，重要的是这一事实：许多黎巴嫩人生活在伊朗和意大利，这两国都是新冠病毒迅速传播之地。因此，我开始动员各地特别是在这两个国家讲阿拉伯语的人，一起奋战。

当时，中国的疫情即将得到完全控制。我们仍然处于隔离状态，严禁离开家。因此，我的关注点转向为世界各地的人分享信息，每天为越来越多的脸书粉丝分享我的经验。我特别希望中国的防疫经验能够帮助他们。西方政治家为了掩盖自己的失败，不断拖延，仅提倡采取不损害经济的必要措施。

鉴于黎巴嫩国力薄弱，疫情有可能会大规模暴发，自第一个确诊病例出现以来，我就呼吁采取严格措施和行动。我必须承认，我对人们的反应感到惊讶。在谣言不断散布的过程中，人们需要最可靠的建议或指导，而不是被卷入科学家与制药公司之间的争论中。胃在受惊时，很难消化复杂的健康信息。人们真的很害怕出现最坏的情况。我一方面对新冠肺炎疫情的严重性提出警告，另一方面也积极安抚人心，避免恐慌蔓延。在危机期间，通过与成千上万的粉丝互动，我获得丰富的经验，变得更擅长处理人们的问题，自信为所有问题做好了丰富准备。我在自己的脸书主页和其他个人主页上发布的一些视频获得了数百万的观看次数，还有一些视频被用作黎巴嫩媒体宣传片的材料。

等等，你说有好几百万？我突然意识到，在接受了世界多国媒体对我进行的大量采访之后，我积极传播着希望，消除着恐惧，成了阿拉伯语界的公众人物,也就是网红!这倒是我没想到的事情。

像任何公众人物一样,我的发言由于各种原因而受到批评或支持,人们对我所做的工作褒贬不一,尤其是在我决定一开始就留在武汉。当成为公众人物时,即使是像我这样谦虚的人物,人们总会将我与他们的想法进行对照:有些人希望与我或我的立场站在一起,一些人下意识地认为,我的勇气或我所做的事情,都是对他们怯弱的指控:他们可能永远不会做我所做的事。因此,许多人认为我呆在武汉,是为追求名誉而冒险,甚至有人说中国政府强迫我说那些话。真是荒唐的想法!我多次进行解释:我在武汉的生活不会对我的生命构成威胁,恰恰相反,中国政府的防控措施,使我感到十分安全,留在武汉是正确的做法。

时间证明不离开武汉、不返回黎巴嫩是正确的选择。首先我可以在居家隔离中保持健康,其次我也可以保护我国人民的健康,避免在我受到新冠病毒感染的情况下将病毒再传染给他们。通过我的知识和个人经验,我已经能够将中国应对新冠肺炎的经验推广到黎巴嫩来。

最初,我并不期望能在这场战争中发挥多大影响力。但是,由于身处疫情最初暴发的中心地区,我通过脸书进行了多次直播,我的粉丝数每天都在迅速增加,很多人将我视为了解新冠肺炎疫情的第一站,认为我是有关信息的可靠来源。毫不夸张地说,我过去每天都会回答一千多个问题，包括新冠肺炎的症状、预防方法、居家隔离事项、如何对从国外购买的物品消毒、如何在室外活动以及回到家时应该如何消毒。

我真的很高兴，因为我像士兵一样履行了职责。我不起眼的贡献帮助挽救了许多生命。我经常与来自黎巴嫩、叙利亚、科威特、伊朗、阿联酋、卡塔尔、阿尔及利亚、法国、意大利、土耳其、英国、美国、泰国等国家的人进行沟通。特别是在我全天候关注的黎巴嫩和伊朗，很多家庭自愿居家隔离，因为他们怀疑自己曾与新冠肺炎患者有过接触。

很多人对我不吝赞美。有时，我一个人在读到感谢信时会放声大笑，洋溢着喜悦的眼泪在我眼眶中打转。那些给我写信的人我并不认识，也不了解他们的宗教、政治或种族背景。

鼓励和感谢的留言源源不断，这是我作为士兵成功完成任务的勋章。

我希望我能在这里传达更多的爱，传达所有美好的信息，表明我们以人类的道德和原则行事时会打破所有边界。特别是在我的国家，政治领导人为分化人民，刻意制造教派分歧以从中获利。实际上，我们有着相同的志向，同样的命运和同样的未来。

我在此选择一个留言作为样本。很多留言都体现着人类的大爱，选择一个出来真的很难。这是一条来自伊朗的留言。穆斯塔法是一家之主，生活在伊朗库姆市。当时，那里是伊朗新冠肺炎疫情暴发的中心。我和他深入分享了防控经验和信息。几天后，我惊讶地看到他在脸书上发帖："成千上万的电话和信息涌向他，但他没有一丝不耐烦，回答了我所有的问题和细节。根据他的口音判断，我发现他和我并不属于同一个教派。但是仔细看他和我的谈话内容，我才知道，原来他的教派主张的就是爱、宽容和人性。"他最后说："我在伊朗感谢他提供的宝贵信息，希望每个人都能向他学习人类的真正价值和意义。"

这不就是我的勋章啊！

"亚洲病夫"

殖民主义者一直用居高临下的态度看待我们这些殖民地国家和人民，无论从文明、种族、经济还是科学方面。他们发明专门的理论作为辩护工具，用来证明我们应该遭受奴役，我们的财富应该被掠夺。英国人曾在旧中国的上海一个公园的入口处写道："华人与狗不得入内。"法国殖民主义者曾在阿尔及利亚等殖民地进行核试验。在当前的危机中，居然有法国医生在电视采访中公然表示"非洲人可以用来充当新冠肺炎疫苗实验的'小白鼠'"！这在法国乃至全世界都是一个巨大的丑闻。

这些殖民主义者，无论是以前还是现在，一直在欺压弱者。如果这个弱者正好是其殖民地的人，他们还直接地或间接地掠夺其财产。即使弱者本人生活在殖民主义国家，也要遭受种族主义的歧视和剥削。英国首相约翰逊认为，年长的英国人感染新冠肺炎而死是"可以接受的"。这还只是冰山一角。在美国社会中，有色人种和外国人是理想的受害者，他们已经遭受了数百年的歧视和种族主义的压迫。当然，受害者还包括弱势的白人。

了解中国历史的人都知道，鸦片战争是中国历史发展的分水岭。19世纪中叶，中国与其他国家的贸易收支出现巨额顺差。几十年来，根据经济史学家马杜斯（Angus Maddison）的观点，中国一直被视为全球最重要的经济体之一，中国已经统治了全球经济数百年。公元1700年，中国占全球生产总值的三分之一。然而，欧洲工业革命的出现，宣告了古代世界的灭亡，以及古代世界的统治制度（即封建制度）的灭亡。经历了工业革命的西方国家在工业生产和军事科技方面具有巨大优势，中国被剥夺了世界领先位置。此后，西方国家，尤其是英国，开始寻找新的市场和殖民地，以销售其剩余产品，开始在世界上的多个地点进行殖民战争，于是中国就成为鸦片战争的受害者。

当时中国出口的商品，处于贸易顺差地位。很多英国商人购买了许多中国商品，并为此支付了白银，却找不到向中国出售的商品，结果大量白银从英国流出境，英国多次尝试弥合两国之间的贸易缺口，均以失败告终。为了阻止巨额利润流入中国，英国的殖民主义者唆使在印度进行殖民统治的东印度公司大规模种植鸦片，然后将鸦片走私到中国南部以换取白银。之后，殖民主义国家开始向清朝道光皇帝施加压力，要求鸦片销售合法化。

由于鸦片在经济和社会上的重大消极影响，道光皇帝此前多次拒绝鸦片进口合法化。然而，在发动第一次鸦片战争（1840—1842年）和第二次鸦片战争（1856—1860年）后，1842年清政府被迫与英国签署了《南京条约》，又先后于1858年同英、法、俄、美四国签订了《天津条约》，于1860年签订了《北京条约》，开启了中国的"屈辱世纪"。西方人特别是英国人从此开始公开干预中国内政，以服务西方国家的利益需要。在这些战争中，中国许多地区被占领，其中包括香港。中国人直到1997年才收回香港主权。鸦片战争的毁灭性后果之一是鸦片进口合法化，导致这种致命毒品在中国人中广泛传播，削弱了中国的经济能力。短短几年，中国几乎被几个殖民地国家瓜分殆尽，一开始是英国、法国和沙俄，后来又增加了美国、日本、德国、意大利和奥匈帝国。他们鼓励中国人内斗，用各种方式分裂中国。

当时，殖民主义国家称中国为"亚洲病夫"。为了控制中国，破坏中国的社会结构和经济能力，他们企图用鸦片来摧毁中国人民的精神和健康，使中国人萎靡不振。

好吧，那是在19世纪。但是，西方今天是否摆脱了这种犯罪行为？事实远非如此。2020年2月3日，当中国动员一切力量应对新冠肺炎疫情时，美国《华尔街日报》发表了一篇文章，标题为"中国成为真正的亚洲病夫"。文章充满种族主义色彩。

这个标题使我义愤填膺，这是针对全世界华人和亚洲人的种族主义歧视。在世界许多地区，数以百计的中国人受到人身攻击。来自亚洲其他国家的学生和居民也遭受了同样的不公。我记得一个新加坡学生在伦敦遭到严重殴打，还有一个法国妇女在喊出种族歧视的口号后,在地铁上殴打一个亚裔女孩。这些事件令世人震惊。

相信我,种族主义者才是世界上唯一的"病夫"。他们仍然生活在殖民主义时代,自我优越,一心只想种族歧视和阶级剥削。他们才是我们这个时代的"病人",他们才是真正的"病毒"。

过去，我不希望任何城市和国家发生像武汉这样的情况。现在，我希望每个暴发新冠肺炎疫情的国家都能从如何控制疫情的角度了解武汉所发生的一切。武汉仍然处于完全封闭的状态，直到今天我们还是不能离开家，但每个人都决心坚持下去。没有责任感、战斗力、毅力和耐心，胜利怎么会实现？同志们，这真的是奇迹啊！

第五章 春暖花开

第五章 春暖花开

相信武汉终会胜利：
2020年3月6日数据

一个半月以来，武汉的日确诊病例数首次降到了100人以下，只有74人（图8）。

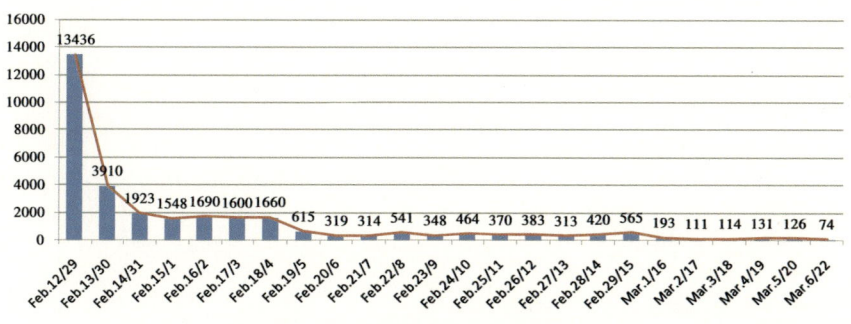

图8 武汉每日新增病例数

在这个新冠病毒肆虐的城市，中国如何控制住了疫情？答案是：计划、知识、责任和为人民服务的精神。

这意味着疫情可以控制。我们必须采取负责任的态度认真对待，并从世界各国尤其是中国的经验中学习。

新的问题出现了，武汉是病毒的来源吗？

今天在中国提出一个严肃的话题，即武汉可能不是新冠病毒的来源。武汉是第一个发现病毒的地方，但是这并不意味着这里是病毒的来源地。待更多的研究和数据出现后，我们再详细讨论。当然，我指的不是谣言和错误信息。

"中国病毒"

历史的教训告诉我们,资本主义危机加深时,就会转向法西斯主义,用诉诸种族主义和仇恨的话语来掩饰其领导人的无能为力。的确,诉诸暴力意味着战争,这恰恰是第二次世界大战前夕发生的事情:西方经济"大萧条",各国市场纷纷破产,意大利、德国和西班牙等重要国家经济崩溃,随后人类被卷入了世界大战。

从 2000 年至今的这段历史时期,被已故学者萨米尔·阿明(Samir Amin)称其为资本主义的"老年"阶段。资本主义正在经历一场真正的危机。在此期间,以美国为首的资本主义国家无法解决自身危机,甚至周期性的危机也演变成威胁整个资本主义体系的危机。因此,在此阶段,理性和科学的语言在帝国主义话语中没有地位。所有的科学研究都会得出结论,即我们必须改变当今统治世界的制度。因此,我们看到帝国主义的领导人诉诸完全与资本主义逻辑相反的经济手段。

资本主义世界体系的领导者总会使用欺凌和侵略的手段来维持自己的统治。这就是贸易战——现代版"鸦片战争"的由来。美国无法用鸦片来打击中国的经济能力，缩小对华贸易逆差，于是转而实施经济制裁，同时试图遏制中国的科技发展。对华为公司及其第五代通信技术（5G技术）发起的战争即是证明。鉴于这种现实，正如我们先前所说，新冠肺炎危机揭示了发达国家特别是美国的统治方式与科学理论之间的巨大矛盾。在这种危机下不求助于知识的一方注定会失败，这就是美国目前正在做的事情。他们的策略取决于两点：首先是当中国暴发疫情时对中国进行政治和经济打压，然后当疫情开始在美国传播时，又企图"甩锅"，让中国对疫情负责。

所有这些都是在欺凌的框架内进行的，全然不考虑科学逻辑以及国家之间的相互尊重。美国政客们没有问自己，他们的健康政策对本国公民有什么影响？为什么中国控制了新冠肺炎疫情而自己却没有？为什么中国新冠肺炎患者死亡人数少于美国？反而，他们广泛使用"病夫"这样的说法和种族主义理论"甩锅"。

对于这些政客来说，他们自己做不到的事情，就认为别人肯定无法做到。这是"政治病夫"的基本思维，所有问题的出现都与这种思维有关。

自从新冠病毒开始传播以来，政治剥削就已开始，尤其是那些我们熟知的美国政府"鹰派"。尽管我认为，美国政府部门没有"鹰派"和"鸽派"，因为他们所有人在面对自己利益的威胁时都会变成凶猛的"鹰派"，他们的利益与美国对世界的统治地位相关。他们认为自身霸权正受到中国等上升势力的威胁。当然，中国正在提出另一种世界秩序，一种基于互惠互利而不是统治侵略的秩序。

《华尔街日报》使用的标题仅是美国政客惯用逻辑的翻版。特别是美国国务卿迈克·蓬佩奥，他在公众场合承认自己在担任中央情报局局长期间曾经作弊、偷窃、说谎和滥杀无辜。

以蓬佩奥为代表的一些美国政客，从一开始就试图利用中国的危机。他们的策略之一就是通过将新冠病毒描述为"武汉病毒"，来破坏中国在世界的形象。然后，他们再试图将这个种族主义名称强加到西方七国领导人的声明中，但是西方其他国家的领导人拒绝了这种恶意游戏。

美国总统特朗普又开始使用"中国病毒"一词。当被问及为什么采用种族主义色彩的词汇时，他回答说："新冠病毒来自中国，因此，这是一种中国病毒。"

数周的公开挑衅激怒了中国、世界卫生组织和全球科学界。包括《自然》杂志在内的许多科学机构，都对这种违反国际法和国际原则的种族主义说法做出了回应。世卫组织紧急卫生计划执行主任迈克·瑞安（Mike Ryan）说："一直以来，我们传递的信息都很清晰：病毒没有国界，不区分种族、肤色和财富。我们在语言使用上要小心，都应该避免把病毒同个人联系在一起。我相信任何人都不应该把病毒同种族联系在一起，这是所有人都不希望的。我们需要团结合作。2009 年 H1N1 流感大流行是始于北美，我们也没把它称作北美流感。所以避免将疾病同地域联系很重要。我们希望每个人在这一刻都保持团结，疫情当前，大家需要团结合作，现在应该是团结的时刻、尊重事实的时刻、共同抗击新冠病毒的时刻，而不是责怪他人的时刻。我们现在要坚定地向战胜疫情前进，应避免将病毒同种族或其他领域相联系的表达。"

世卫组织的立场体现了其 2015 年发布的准则，即要求停止将病毒性疾病与暴发发生的地区或地点联系起来，以避免污名化带来的负面影响。

日复一日，这种煽动却在增加。伴随着中国在控制病毒过程中取得的快速进展，我们已经目睹了一个又一个谣言的诞生和传播。

我从一开始就确信，有关中国人乱吃东西导致疫情的说法是谣言，是借用错误信息进行恶意煽动。后来的事情证实了我的判断。

例如，在 3 月初，中国抗疫取得初步成效，证明新冠肺炎疫情可以控制。与此形成鲜明对比的是，西方国家却没有采取任何有效的防控措施。这时，媒体上出现谣言说，"中国人食鼠"引起一种新的病毒传播。这则新闻广为流传，自从我成为"中国问题专家"以来，我收到了数百个与此有关的提问。

经过简单的研究，我发现他们谈论的是一种已经存在了数十年的称为"汉坦病毒"（Hantavirus）综合征的病毒。它因与鼠类等啮齿类动物的接触而产生，鼠向人传播是人类感染的主要方式，不会在人与人之间传播。该病毒于 1993 年在美国西南部首次发现。截至 2013 年,美国共出现大约 637 例相关病例,大多数都在西部各州。中美洲和南美洲的许多国家也出现了相关病例。全世界每个国家每年都有数百人感染这种病毒,治疗这种病毒的疫苗也已问世,因此它从未对世界构成威胁。

这种谣言的宗旨是传播激烈的种族主义。有人恶意评论称:"快告诉中国人,世界上有一种动物叫作牛,还有一种动物叫做羊……除非他们是想消灭人类,否则别再吃老鼠了。"

强行让中国人就饮食习惯对疫情负责,要想让他们摆脱这种意识几乎是不可能的。他们甚至企图让中国人对世界上所有类型病毒的传播负责,好像每一次大流行都是从中国蔓延的。理性和科学证实以上说法毫无道理,实际上,世界的病毒史就是人类的生物学史。科学证实,当出现有利于病毒出现的自然条件时,病毒就会产生,这与种族、人或国家无关。

从"查士丁尼瘟疫"到新冠：
拒绝种族主义

2009 年，H1N1 病毒，也就是我们阿拉伯人称之为"猪流感"的病毒开始传播。迄今为止，关于病毒来源的争论尚未结束。有人说来源是墨西哥，另一些人则认为是美国。为什么会有争议呢？

让我们来看一个类比。当新的新冠病毒传播时，我们说尚不知道其来源。尽管首次发现病例的地点是中国武汉，但这并不意味着病毒的来源是中国，至今我们还没有发现新冠肺炎患者的零号病例。有许多假设，比如说零号病例可能来自美国，或者零号病例可能在武汉的一个海鲜市场。这些假设均没有确凿的证据。因此，基于相同的科学逻辑，尽管第一例感染 H1N1 病毒的患者是在美国加利福尼亚州发现的，但 H1N1 病毒的来源目前仍无定论。

但是，如果我们采用美国媒体和政界人士对待新冠病毒的逻辑，我们就可以说 H1N1 病毒是"美国病毒"或"加利福尼亚病毒"，并且可以要求美国向世界道歉，就像美国现在要求中国道歉一样。另外，我们必须寻找有关美国人饮食习惯的漏洞。为什

第五章　春暖花开

呢？原因不言而喻。

根据世界卫生组织的数据，H1N1流感已蔓延至214个国家和地区，造成284500人死亡，确诊病例超过10亿。尽管与新冠病毒相比，H1N1病毒传染性较弱，但多数研究证实，美国并未采取足够的措施，来限制其在全球范围内的传播，最终造成H1N1流感大流行。

你们是否听说过2009年美国封城或发布旅行禁令？没有，至今闻所未闻。如果按美国政客目前的说法，要中国对新冠肺炎的全球传播负责并道歉（尽管中国已经在所有省份采取了隔离措施，并在两个月的时间内遏制了病毒的传播势头），同时将这种病毒称为"中国病毒"的话，自然而然，为了平等地对待美国，我们应该把H1N1病毒命名为"美国病毒"，让美国向全世界道歉。我们应该这样做吗？

当然不是。我们没有这样做，也没有人说这是一种"美国病毒"，或者说美国应就自己的饮食习惯而对它负责。现今，对待中国发现的疫情，我们也不应有任何扭曲的思想，不能污名化中国。相反，中国政府和中国人民为防控疫情付出了巨大的代价，世界各国应该团结起来面对这场疫情危机，并设法控制疫情的发展。

那么，病毒有国籍、种族或者宗教信仰吗？

在过去的两天中，我快速回顾了过去2000年来世界范围内的病毒和流行病史（包括各种流行病，无论是由病毒还是细菌引起的）。最重要的结论是，这些致命的流行病几乎来自地球各个不同地区。例如，541年至700年间的"查士丁尼瘟疫"使欧洲人口减少约50%，在1347—1351年间在欧洲各国蔓延的"黑死病"导致2亿人死亡，1800年前后暴发的黄热病在美国夺走了约15万人的生命。第一次世界大战后，大流感（我对"西班牙流感"的命名持保留意见）在全世界杀死了5000万人。2012年，同属冠状病毒家族的MERS（中东呼吸综合征）病毒出现在阿拉伯半岛，导致858人死亡。其死亡率高，但传播缓慢。埃博拉病毒于2014年在中部非洲再次出现，死亡的人数高达1.1万人。它的死亡率最高，而传播速度同样很慢。

因此，数以百万的病毒和细菌存在于我们中间，在某些特殊情况下就会变成流行病。这些病可能出现在地球上的任何地方，这就是流行病的历史。因此，将病毒传播附于特定的人、种族或宗教，这是完全不科学的。防控疫情不能容忍种族主义。

人类在这种危机中的经验表明，我们要赢得胜利，就需要合作与团结。在当前危机中，这种合作是必需的。

即使是爱发怒的种族主义者特朗普，也开始寻求中国的帮助。现在回头寻求帮助还不算太迟，但他应该意识到，要从人道主义的角度考虑问题，要站在遭受困境的美国人民的一边，而不是继续奉行金钱至上的原则。

战胜新冠肺炎疫情不会遥远。只有保持坚定、团结和奉献，才能迈向这一目标。

第五章 春暖花开

"我的母亲病了"

一位朋友给我发来一个住在黎巴嫩的中国学生拍摄的视频。视频显示，这名年轻人是黎巴嫩大学阿拉伯语系的一名学生，他在疫情出现前六个月来到黎巴嫩。也就是说，他对新冠病毒没有过任何接触。

视频中，这名年轻人用阿拉伯语普通话平静地讲话。他说，自从新冠病毒在中国暴发的新闻报道以来，他一直在遭受着某些黎巴嫩人的种族主义欺凌。阿米尔（Amir）（当然，这不是他的真名，而是他为方便沟通而取的阿拉伯语名字）接着说："我半年前来到黎巴嫩时非常高兴，我很喜欢我住的这个美丽小镇沙辛（Shaheem）。但是大约一个月前，由于新冠肺炎疫情的暴发，我感到非常难过。当我在贝鲁特、西顿，甚至沙辛的街道上行走时，总是有人对我表现出恐惧，或是避开我，或是骂我是新冠病毒。我了解人们对病毒的恐惧，但是我不能容忍脏话。骂我有什么用？没有任何好处，仅仅说明他是一个没有良心、没有人性的人。"

我看过视频后感到非常气愤，感觉那些欺凌就像是发生在自己身上。中国人从来不是种族主义者，我在这里感觉宾至如归，这也是我一直待在这里的原因之一。在许多国家，有色人种、阿拉伯人、穆斯林或其他文化背景的人常会遭受赤裸裸的种族主义侵害。

阿米尔在他的脸书主页上发布的视频中继续说道："他们侮辱中国，然后说他们在跟我开玩笑。我问他们，如果你母亲病了，你会接受我拿她开玩笑或辱骂吗？中国对我们中国人来说，就是我们的母亲。她现在病了，我希望她早日康复。现在，在国内的中国人承受着新冠肺炎疫情的折磨，在国外的中国人遭受着侮辱和暴力，这非常令人痛心。最后，祝大家健康。"

我在主页上分享了该视频，人们在互动中对种族主义行径的批判令人印象深刻，同时就阿米尔对祖国的归属感表达了高度敬意。尽管他身在数十万公里之外，但仍心系家人和祖国人民。该视频被分享了数百次。很快，他成为黎巴嫩媒体关注的焦点人物。许多当地电视台和报纸联系我，以为我认识他，或者我和他之间存在联系。事实上我并不认识他。

这个中国男孩的视频也给我的家人留下了深刻的印象。我姐姐哈南给我打电话说："瞧，我的兄弟，既然这个年轻人住在沙辛，靠近我们镇，我们想邀请他来我们家吃午餐，你觉得如何？"我非常喜欢这个主意。我称赞了她的想法，并告诉她我将试着联系他。我在脸书上私信他说："嗨，阿米尔，我是黎巴嫩学生阿德汉·赛

第五章 春暖花开

▲2020年3月1日,阿德汉的黎巴嫩家人邀请中国留学生阿米尔共进午餐。
(图片来源:作者)

义德，目前在武汉。我来自你现在居住的沙辛镇附近的巴尔贾镇，如果你有任何需要，请告诉我。我在沙辛有很多朋友，我家人也可以从巴尔贾给你提供任何帮助。"

阿米尔说："你好，在武汉请多保重。谢谢你，我和我的一个朋友住在一起，他对我有很大帮助。"我告诉他："我的家人想邀请你今天共进午餐，你觉得怎么样？"阿米尔向我表示感谢，告诉我他已经有约。他问我是否可以推后一天。于是我们约好第二天我的姐姐和弟弟去沙辛接他来我家。

第二天，我的家人给我发了一张与阿米尔共进午餐的照片。这是一张很棒的照片，我在脸书上分享了这张照片，并附上我家人对他的欢迎词："我们的儿子阿德汉是一位黎巴嫩学生，他在武汉学习，中国人也将他视为中国的儿子。你是在黎巴嫩的中国学生，我们也愿意把你当作我们黎巴嫩儿子看待。"

首次低于50例：
2020年3月7日数据

今天，整个中国仅44例新增病例，其中武汉41例（见图9）。

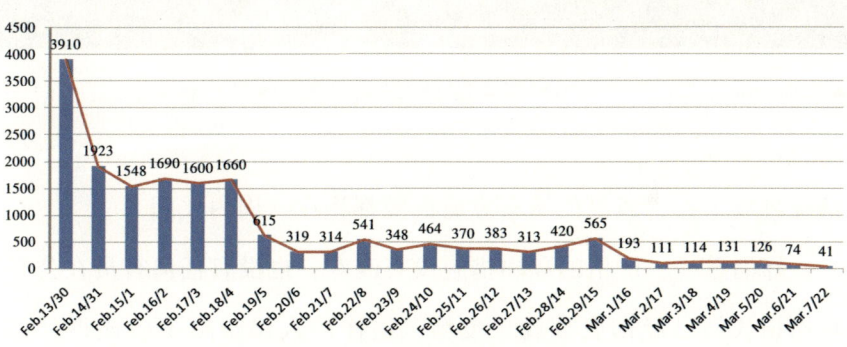

图9　武汉每日新增病例数

一些专门用于治疗和隔离新冠肺炎患者的方舱医院开始关闭。在过去的一个月中，武汉准备了4万多张病床用来治疗新冠肺炎患者，由于现在仍在医院的患者人数仅剩约19,000人，我们只需要这个数字的一半。每天的治愈病例数平均达到1200例，如果照这种

▲雷神山医院休舱仪式,2020年4月15日摄。(图片来源:新华社)

情况继续下去,武汉的所有方舱医院都将在一周内关闭。

好消息是,严格的隔离措施没有改变,也没有任何官员在公开场所说我们已经彻底战胜了疫情。这样的人民难道不应该得到信任和尊重吗?是的,他们值得。

第五章 春暖花开

军运会

3月13日上午,梅发来一段视频,讲述了中国外交部发言人赵立坚的最新推文。视频中附有一条评论说:"看来我们从一开始就是对的,赵立坚推测美国军人将这种病毒引入武汉。"

美国政界人士对中国的抹黑运动已达到白热化程度,特别是美国国务卿迈克·蓬佩奥。中国官方一向在外交辞令中保持平和,所以这次赵立坚的声明使我感到惊讶,但是他的话却足以终结所有言论。

根据中国惯例,这不算官方声明,只是赵立坚表达的个人看法,正式声明一般是通过外交部新闻发布会发布的。第二天,当他在新闻发布会上被问及这一推文时,他重申了中国官方的一贯立场,表示这一问题纯属科学。"病毒的起源只能由科学确定。我们需要用专业精神审视这个问题,不希望有人利用这个问题给其他国家蒙上污名。"

我在脸书主页上对赵立坚的推文发表了评论。这条推文以及围绕它展开的阴谋论在社交媒体上广泛传播。赵立坚并不是在暗示病毒是美国的军事行动或生物战阴谋,只是对病毒来源的质问。

这个质问针对的是美国之前的政治攻击，现在美方有责任回答这个问题。毫无疑问，这一声明令所有关注者感到惊讶，而令人感到更加困惑的是，在此之后，对于这一推论的细节再没有任何说明。但是，从推文中可以很清楚地看出，他指的是世界军人运动会。因此，该推文肯定不是在谈论生物战，而是提出由于美国缺乏对流行病的准确检测，病毒在传播到中国之前可能已经在美国开始传播了，只是美国当局并不知情。

我判断赵立坚指的不是生物战，而是美国缺乏对流行病的准确检测，根据就是推文下附的美国疾病控制与预防中心主任罗伯特·雷德菲尔德的讲话视频。3月11日，雷德菲尔德在美国国会回答质询时表示，美国一些新冠肺炎患者有可能被误诊为流感。国会议员中有人质问道，"那么，在美国，是否有些人被诊断为死于某种流感，而实际上死于新冠肺炎"？雷德菲尔德回答，"确实已有若干符合上述情况的误诊病例"。

我们可以将此问题与美国疾病控制与预防中心主任在2月下旬报告中包含的信息联系起来。报告中谈到，在2019到2020年流感季节期间，美国至少有3200万人感染流感。这使我们再次回到赵立坚的问题：美国是否早已暴发新冠肺炎疫情，但当局并未将其诊断为新冠，而是诊断为季节性流感。到目前为止，可以确定的是，美国新冠肺炎首次出现确诊病例（1月22日）和死亡病例（2月29日）的官方宣布日期都不正确。据纽约市以及加利福尼亚州圣克拉拉县的卫生部门称，现在可以确定，2月初就已有过死亡病例。圣克拉拉县卫生部门执行主任杰弗里·史密斯（Geoffrey Smith）对此发表评论时说："新冠病毒至少在一月份（也许更早）就已在旧金山湾区开始传播。"新泽西州贝尔维尔市市长迈克尔·梅尔姆（Michael Melhem）也在一段视频中说，他和许多其他人早在2019年11月就感染了新冠病毒，而这比武汉发现的第一例确诊病例要早一个月。

这条推文是对美国总统使用种族主义词汇的直接回应。从武汉封城后的第一天起，美国总统和国务卿就一直在宣扬种族主义，称新冠病毒为"中国病毒"或"武汉病毒"。特朗普就像一个儿童剧演员，以非常令人反感的方式使用这个自创的术语。当被问及为什么说新冠病毒为"中国病毒"，他回答说："因为它来自中国。"这种愚蠢的种族主义闹剧一直上演，直到科学界的一次大规模全球性运动迫使他停止使用这种表达方式。

让我们回到特朗普的问题，新冠病毒真的来自中国吗？

对我而言，正确的方式是把这个问题的答案留给科学机构来解决，科学地调查病毒的来源，以及病毒什么时候首次出现在中国之外，特别是美国。在明确的科学证据出现之前，关于这一问题的所有表态，都不过是一个个不可靠的政治立场。

下文是我在脸书主页上所发的帖子，介绍了剑桥大学研究人员寻找病毒来源的一项研究结果。

儿子会在父亲之前出生吗？

　　剑桥大学的研究人员得出以下结论：在确定了病毒的三种毒株后，没有科学证据表明武汉是病毒的来源地。

　　以下是来自剑桥大学的一组英国和德国研究人员进行的一项非常重要的研究，他们更新了有关病毒来源的数据。研究发表在国际学术期刊《美国国家科学院院刊》（PNAS）上，题为"SARS-Covid-2 DNA菌株的遗传网络分析"。

　　当然，我不会使用那些复杂的科学语言。我将为关心更多细节的朋友分享文章链接。

　　这项研究将病毒分为A、B和C三类，按病毒进化的时间顺序排列，类似于家谱。A类病毒更接近冠状病毒的原始类型，是从蝙蝠和穿山甲中传播的，是源头病毒。B类病毒源自A类，C类病毒源自B类。简单来说，最初的病毒是A类，随着时间的流逝，病毒发生了变异并转换到B类，再从B类衍生出C类。

　　非常重要的一个发现是，最初的A类病毒主要流传于美国和澳大利亚，而在武汉和东亚地区则很少见。武汉和东亚主要存在的是 B 类病毒。因此，研究人员说，没有科学证据证明武汉是源头。儿子不可能在父亲之前出生。如果武汉是源头，那么 A 类病毒应该是在武汉广泛传播的主要病毒类别，而 B 类才是其余国家（尤其是病毒第二阶段传播国家）传播的主要病毒类别。但是，情况恰恰相反。这意味着武汉可能在第二轮传播中才感染了病毒。在欧洲传播的主要是 C 类病毒。

这项研究的主管彼得·福斯特博士说："武汉最早发现的是 B 类病毒，当时人们认为这是原始病毒，这是一个错误。"此后，在疫情加速暴发期间武汉又发现了 C 类病毒，A 类病毒却极少在武汉出现。这也印证了中国首席流行病学家钟南山的说法。他在 2 月下旬时说，"第一个发现的病例不能等同于病毒的源头，尽管这一流行病首先在中国出现，但其来源并不一定在中国。"

我们现在认识到病毒源头仍然存疑，于是一直在使用"可能"一词。如果病毒的真正来源并非武汉，而是仍需进一步研究的话，那就意味着中国是最早检测出病毒的国家，而那些存在 A 类病毒的国家直到在中国诊断出几个月后，才确认出新冠病毒的存在。那些国家原本应该在中国之前，而不是之后发现病毒。

有人可能会说，我们一直在关心新冠病毒的来源，但真正与我们相关的是如何消灭该死的病毒。当然，我完全同意这一点，并注意以下两个观点：第一，从科学的角度看，找到病毒或零号病人的来源非常重要，因为这可以帮助研究人员了解病毒是如何传播给人类的，从而加快控制疫情的进程。第二，以前从未出现如此高度政治化的疫情。自从中国宣布诊断出新冠病毒病例以来，一场有损中国国家形象的系统性运动就开始了。例如，武汉封城被视为侵犯人权，但今天几乎所有国家都采取了类似措施。科学已经一次又一次地确认，不要将病毒的标签贴在某个地方或某个人身上，但是美国官员坚持称其为中国病毒，这是一种种族主义敌对态度。

不幸的是，这一抹黑运动一直持续到今天。但与之前不同的是，病毒开始在开展抹黑运动的国家中传播，他们为了掩盖自身防控疫情的无能，继续无理甩锅。最终，科学事实总会揭露他们的谎言。

首次低于 20 例：
2020 年 3 月 9 日数据

中国国家主席习近平 3 月 10 日上午来到了武汉，这表明中国不久将宣布控制住新冠肺炎疫情的消息。

为了证实这一结论，图 10 显示了除湖北省外，中国所有其他省份的每日新增确诊病例数。

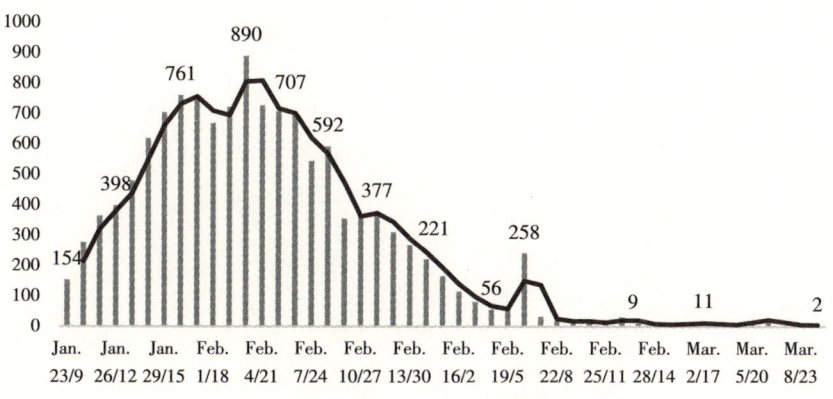

图 10　中国除湖北省外每日新增病例数

全国仅有 19 人确诊，其中 17 人在武汉，其他所有省市只有 2 人确诊。同时，今天累计治愈出院人数达到 59897 人，也就是说，中国大约 75% 的新冠肺炎患者已经治愈，只有 17721 位患者留在医院，另有 3136 人死亡。

由于治愈病例每天都在以创纪录的数字（平均 1800 例）增长，预计未来两周将有更多方舱医院关闭。同时，死亡人数正在下降，今天全国共有 17 例死亡病例。

过去，我不希望任何城市和国家发生像武汉这样的情况。现在，我希望每个暴发新冠肺炎疫情的国家都能从如何控制疫情的角度了解武汉所发生的一切。

武汉仍然处于完全封闭的状态，直到今天我们还是不能离开家，但每个人都决心坚持下去。没有责任感、战斗力、毅力和耐心，胜利怎么会实现？同志们，这真的是奇迹啊！

第五章　春暖花开

革命胡须

　　我每天都会接受各种视频采访，因此家人不用专门跟我视频通话就能看到我。同时，我也担心如果跟他们长时间视频的话，他们会注意到我咳嗽，尽管我已告诉他们，这种咳嗽与新冠病毒无关。

　　一段日子过后，我发现这段时间从未看到他们的情况。他们能够通过媒体看到我，而我却不能看到他们，我只是在打电话时能听到他们的声音。他们最后一次通过视频与我联系（这种情况其实很少发生）是在武汉关闭前两天。当时我在大学图书馆里，我的姐姐贝桑与我视频通话，家人都聚集在她的屋子里，跟我一起谈论当时还未知的病毒情况。从那时起，我再也没有见过他们，只有在中国学生阿米尔来到我家午餐时，我在照片中远处的餐桌旁看到他们。

　　从2月开始，一名黎巴嫩导演就在联系我，向我提出根据我的日记拍摄纪录片的想法。这是个令人兴奋的想法，但是我一直拖拖拉拉，忙一些我认为比整天拍摄自己更重要的事情。而且，我住在一个不是自己家的房子里，还一直都在生病。换句话说，如果这个纪录片上线了，我的家人会对我更加担心。在用各种借口拖延一个多月之后，我同意拍摄类似纪录片的电视节目，因为这不需要很多时间，也不需展示太多细节。

制作团队要求当他们去我家拍摄时，我需要在武汉通过Skype与家人实时连线。在进行拍摄准备时，我拨通了与家里的视频连线，但另一头并没有人。片刻，我的侄女来到屏幕前面，紧接着是我的父亲和母亲。当我看到他们出现在我面前时，我感到哽咽，不知道该说些什么。那是一种希望、爱、害怕以及愤怒的感觉交织在一起。我看到他们，感觉就像好几年没有见面一样。父亲的长胡须（我将其称作革命胡须）已经完全变白了。而我的母亲一见到我，她的眼泪就流下了来。空气突然变得安静，我想用笑声打破沉默，笑着却感觉更像是在哭泣。我跟父亲开玩笑地说："老师啊，这是什么呀？您的胡子怎么都白了。咱们这是有多久没见了呀。"

每次见到亲人，除了爱与思念之外，我总会感到一丝害怕。我害怕自己身在远方，却听到失去亲戚或朋友的噩耗。我在中国的这几年已经经历了十多次。我担心时间走得太快，我却离得太远。我失去的上一个亲人，是我的舅舅。他留着长长的、充满历史感的大胡子。他喜欢生活在大自然中，饲养着各种牲畜。他热爱生活，待人温柔。在我听说他得癌症的时候，我还有一个半月就要放假回黎巴嫩了。我担心他在我回去之前病情恶化，希望他的身体素质可以帮助他抵御病魔，这样才能让我安心。但是我终究没有等到，只过了短短一个月，也就是在我回国前两周，病魔就带走了他。隔着千山万水，忍受着距离的煎熬，我写下了这么一段话："别哄我啊舅舅，28天足以搬山了。距离让痛苦更加浓烈。"

真的，我一直害怕这种情况会再次发生。

至于愤怒，你们可能会对此感到惊讶，但我会向你们解释：我对我们国家的现状感到愤怒，因为不公的政治制度迫使人们移居国外，远离家人。只有背井离乡，才能不在屈辱和投降感之下学习和生活。我对这种落后的制度不仅感到愤怒，更是为之愤恨。这种制度使当权者永续在位，通过宗派主义维持着对人民统治的持久性。其带来的经济模式使黎巴嫩人民日趋极端贫困，而执政的金融集团财富却不断增加。

我在电视节目中谈到了这些事情，并在脸书上写道：

今天是我和父亲许久之后第一次视频聊天。我们录制了一期电视节目，我看到他的胡子全白了。时间走得太快，我们都在变老。

我远离我的国家和家人，因为我们国家的制度逼着人民离开。

危险的不只是新冠肺炎，还有落后的制度。新冠肺炎会夺人性命，落后的制度不光会杀人，还会将人遗弃和凌辱。

我憎恨落后的、没有人性的制度。

武汉仅新增 8 例：
2020 年 3 月 11 日数据

三个战线同时推进，武汉进行了一场传奇般的战斗，胜利指日可待：

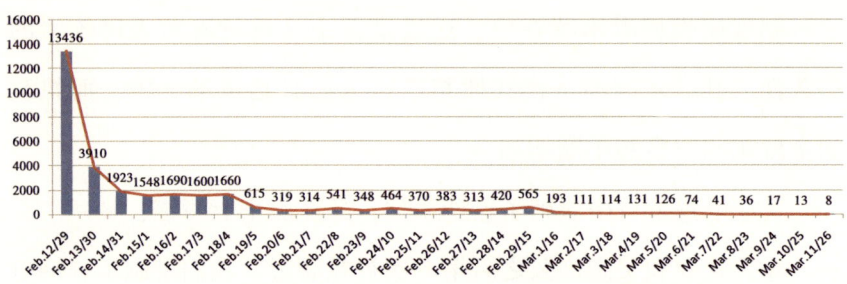

图 11　武汉每日新增病例数

一是政府全力部署，评估局势，及时追责，将所有精力投入到为人民服务上，坚持以人为本，人民至上。数十名履职不力的官员（主要在武汉）被迅速免职。

二是医疗团队不怕牺牲，坚持不懈，以科学为准则，以团结为宗旨。约有 42000 名医务人员从中国各省来到武汉，以支援武汉的医疗工作。

三是人民忠诚、耐心、团结。他们信任政府的领导，并积极承担自己的责任。

直到今天，最后的胜利尚未到来，我们在武汉仍处于完全隔离状态，没有人离开家门。这里我们的主要经验是不要放任自流。

只有医生，没有炸弹

3月中旬，意大利的状况变得更加危险，他们迫切需要紧急医疗援助，尤其是呼吸机。玛哈对我说，中国向意大利派出医疗队并援助医疗物资，古巴也派来医疗队。她在评论古巴医生抵达意大利的视频时说："看看他们，多么谦虚，就像我们中的一员一样，这里每个人都把他们当作英雄。"我逗她说："小心点呀，蓬佩奥观察员说，这些医生是去传播共产主义思想的，他们是古巴情报部门的人。"她以代表意大利人的口吻回答我，就像我常常代表中国人那样："这种说法是无礼的，我们在这里面临死亡威胁，情况变得更加危险，到目前为止，除了包括古巴在内的这些国家，没有人注意到我们。他们为什么继续这样政治化我们的悲剧！"。

美国的诽谤活动日趋激烈，目标不仅针对中国，而且还扩大到国际上为团结抗疫作出贡献的每个国家、组织和个人。现在，美国官员的放任和甩锅战术不再有用，病毒正在杀死美国人民，他们需要新的方法来逃避责任。

因此，美国官员开始攻击古巴在全球抗疫中的作用。尽管能力有限，古巴一直坚持人道主义原则。自20世纪50年代古巴革命成功以来，美国一直对古巴实施了令人窒息的封锁。我敢打赌，如果你今天问任何美国人，为什么他的国家对古巴实行封锁，他除了说因为古巴是共产主义岛屿，不会给出任何别的答案。这意味着，只是因为与美国有不同的政治见解和理念，整个古巴就要受到世世代代的惩罚。美国高举着民主和自由的旗帜，乃至竖立起一座自由女神像，却禁锢着其他民族的自由。

古巴已故国家领导人菲德尔·卡斯特罗（Fidel Castro）表示，他的国家"不向其他人投掷炸弹，不派遣数千架飞机轰炸他国城市，也不拥有核武器、化学武器或生物武器。相反，成千上万的古巴科学家和医生在拯救生命的道路上不断前进。古巴送出的只有医生，没有炸弹。"这也正是古巴在这场危机中所做的。古巴派出了数千名医生到需要帮助的国家，甚至派遣到那些默许美国封锁的国家，例如意大利。但是，当意大利人民的灾难加剧时，古巴人民却说："我们将成为你们的兄弟。"这就是古巴。

第二个遭到美国攻击的是世界卫生组织。这是一种残酷无情的做法，引起了广泛的国际谴责，特别是在科学和医学领域。至于世界卫生组织有什么罪过？简而言之就是，该组织曾说，经过对中国所做工作的认真评估，它认定中国的抗疫举措公开透明，并为控制疫情提供了一个有效的模式，让其他国家也可效仿。这激怒了美国官员,他们正竭力侮辱中国,并将中国视为造成病毒传播的原因。因此,特朗普决定停止为世界卫生组织提供资金,并威胁要完全退出该组织。

"人类健康共同体"

在与一个非常危险的敌人进行了三个月的激烈对抗之后，中国开始了全面恢复的脚步。尽管确诊人数已大大减少，但谨慎预防仍是当前阶段的最大任务。

2013年，中国发起了一项大规模的经济计划，即"一带一路"倡议。这一倡议的主题之一是"人类命运共同体"。中国人做得很多，说得很少。通过积极努力，中国在互利共赢的基础上逐步建立起国际关系的新格局。

今天，中国开始了对抗疫情的第二阶段，除了加大抗疫工作力度、大力研发疫苗之外，中国也在积极援助其他国家的抗疫进程。中国真正践行着构建人类命运共同体的理念，这场危机再次证明了人类有着共同的命运。

援助已经到达许多国家，预计未来几天还会增加。中国的医疗队先后到达伊朗、伊拉克和意大利，其中包括参加了武汉抗疫工作的专家团队。同时，中国的医疗物资援助也到达了黎巴嫩。

▲ 中国秉持人类命运共同体理念，向疫情严重的意大利派出救援队伍。图为 2020 年 3 月 12 日意大利首都罗马，意大利红十字会主席罗卡与中国抗疫医疗专家组合影。（图片来源：新华社）

我们所目睹的是国际关系中的一种新格局，这与之前的情况完全相反。此前，帝国主义通过镇压各国人民和民族，来维持其控制权。

从一开始我们就呼吁，让我们团结起来面对人类共同的敌人。中国有效地控制住了疫情，我们仍需继续呼吁，这场抗疫战争就是为了人类的共同利益。

今天，我声援意大利、伊朗、韩国和美国人民。当前病毒开始在美国肆虐，而他们的政府却在中国受难时表现得幸灾乐祸。没有人会忘记美国商务部长的讲话:"美国经济正受益于中国正在发生的事情"。为了人类的共同命运,这种心态才是需要消除的、最危险的病毒。

"是时候承认了"

我在脸书收到一位朋友的私信，感到十分惊讶。她说，"现在是时候承认新冠病毒是中国实验室制造的了，美国和澳大利亚都证实了这一点。所有媒体都在谈论它，不要告诉我这些都是谣言。中国之所以这么快发布疫苗，是因为他们就是病毒的生产者，并且早已拥有疫苗。"

她曾经声援过中国，但我在疫情之前并不认识她。由于谣言和虚假信息的数量太多，而且人们在长时间的隔离生活中感到烦躁，于是这种阴谋论对有些人产生了影响。

我回答她说，不幸的是，这是针对中国、抹黑中国的一部分，没有科学证据可以证实你说的内容。事实上，所有迹象都指向完全相反的方向。至于疫苗，自1月中旬以来，中国和其他国家一直在努力研发，现在已经处于临床试验阶段，有志愿者正在进行测试，这是我了解的关于中国的信息。当然，这也是即将发生争端的领域，因为美国的制药游说组织不允许其他国家生产疫苗，甚至还试图将此事政治化，以图垄断疫苗的生产，并通过出售它来

第五章　春暖花开

继续控制人们的生活，从而赚取数十亿美元。

我发给她一个链接，里面是相关的一些研究成果。她说她不想看，并表达了自己的焦虑和对居家隔离的疲劳："我不信任特朗普，但是有好几个国家都在指责中国。"我告诉她，从武汉封城的第一天起，我就指出美国有关"武汉实验室"的说法是个大阴谋。现在他们正忙于散布其他谣言和错误信息，正在抛弃这种说法。等到这些说法消失了，新的谣言又会产生，这就是美国政府在整个历史上所惯用的方法。我补充说："我将向你发送录音，为你总结科学界对这些虚假陈述的回应。那些人不断造谣只是为了掩盖失败。"

实验室泄漏或人为制造病毒的说法根本站不住脚。对于科学界来说，这一假设错误的第一个证据就是中国于1月12日发布的病毒基因序列。当时，疫情尚未被政治化，中国发表的目的纯粹出于科学研究。在政治化运动开始之后，一群学者共同在2020年2月19日出版的《柳叶刀》发表了一份报告，警告不要宣传可能会误导人们并导致健康灾难的虚假信息。他们说："我们强烈谴责有关人造新冠病毒的阴谋论。"

然而，阴谋论者并没有停止传播病毒。相反，他们还说，他们有病毒来自武汉实验室的证据。这让我们想起了美国为入侵伊拉克，而编造的伊拉克有大规模杀伤性武器的所谓"证据"。对于他们来说，不幸的是科学并没有袖手旁观，科学知道真正的来源。

到现在为止,科学界发表了数十项研究和数据,确认新冠病毒是自然进化的,其来源是动物,尚不能在实验室中进行修改或制造,这是最后的结论。3月17日,《自然》杂志上发表标题为"SARS-CoV-2的潜在起源"的论文,在斯克里普斯研究所的克里斯蒂安·安德森博士的领导下,一群美国科学家断言,他们的分析"清楚地表明,新冠病毒不是在实验室生产的,也不是人为故意制造的病毒"。参加了这项研究的"病毒猎手"伊恩·利普金博士也证实了这一点,他在接受采访时说:"没有证据支持新冠病毒是从中国中部的实验室制造并泄漏的说法。"

第五章　春暖花开

100 块让你起死回生！

3月20日上午，我照常起床开始每日隔离的日常工作，将最新数据输入到我笔记本电脑上的表格中。这时，一个五位数的号码给我打来电话。我仔细看了看这个号码，看起来不像中国号码，因为中国手机通常是11位数号码，而它也不是国际号码。

我接起电话，另一头是一个说中文的女孩，她迅速地讲话，却没有意识到我是否听得懂。我用在这种情况下经常使用的一句中文短语打断了她，告诉她"听不懂"，意思是我听不懂她在说什么。然后她用英语说"中国联通"，表示她是来自我手机号所属的中国联通公司。然后，她用非常简短的汉语词问我是否拥有微信，我肯定地回答了该问题，于是我们切换到微信上对话。微信有自动翻译服务，因此她可以说中文，我可以使用自动翻译功能翻成阿拉伯语。她告诉我，我的手机卡已经停机，问我是否要重新激活。我回答说："昨天我付了100块。"她说我需要再付100块。我回答说，我在居家隔离中，手头现在没有钱了，我也不需要重新激活。

— 249 —

在开始居家隔离之后,我就没有激活过号码。实际上,我不需要激活它,因为我一直在家里,可以使用 WiFi 网络。但一天前,在我与小区志愿者进行视频连线时,网络多次中断,所以我给手机充了 100 块。看来我的账户已经欠费很多了。其实我有 100 块钱,但是电话中的声音含糊不清,我担心受骗,于是决定不给她交钱。我在中国这么久从来没有接到过这家公司的电话,即使在手机停机的时候。

这时我收到一位脸书朋友的私信,他转发给我一篇文章,说中国的实际死亡人数约为 1400 万人。这篇文章的结论来自一名在国外居住的中国人。

文章的依据是中国电信公司最近发布的数据,显示 2020 年 1 月和 2 月,中国有超过 1400 万个手机号停机,因此文章得出结论,所有这些手机号停机的机主都死于新冠肺炎,但中国政府并未宣布!

读完这个"理论论证"后,我笑了,然后立即回复这位朋友。我没有进行冗长的解释,而是对他说:"好吧,我已经停机一个月了,这是否意味着我已经死了?我可以以 100 块的价格激活手机号,那么是不是恢复生命的成本如此便宜,只要 100 块吗?"

令人惊讶的是,这一谣言传得很广,有不止一个人向我问过这个问题。这促使我更加认真地对待这一谣言,后来我写了关于谣言的详细反驳,并拍摄了一段视频来解释其论证的不真实性。简而言之，除了我自己在隔离期间无需激活手机号的个人经历外，在武汉和整个湖北省大约5100万人都处于封城中，也就是说，我们找不到任何营业厅为手机充值。这意味着，不擅长通过互联网激活充值的老年人群体，将自动停机，这似乎是那个女孩打电话让我补交电话费的原因。让我们再来看看文章提到的死亡数字，即1400万。如果我们采用接近世界平均水平（即5.5%）的死亡率，过去三个月来，中国的疫情确诊人数则高达2.54亿，死亡人数达54.5万人，有理智的人能相信这些数字吗？

这篇令人怀疑的文章只是对中国攻击活动的一部分。除了这个推论之外，关于尸体骨灰的推论也已出现。有人说，中国近期消耗了成千上万的骨灰盒，都是由于新冠肺炎的死亡人数太多。美国总统特朗普也对中国的死亡人数提出了质疑，他的怀疑源自一个假设：现在美国的死亡人数如此之高，那么中国的死亡人数也一定很高！如果我们无法控制疫情，那么，毫无疑问，中国也不能。

这些都是臆测。中国为减少死亡人数，采取了各种特殊措施，而美国直到新冠肺炎席卷全国之后，才开始采取了一些不痛不痒的措施。造谣者将专家的说法边缘化，以便误导媒体和公众。事实上，他们甚至提倡巫术。他们希望我们对这种无情的口号视而不见："让他生病，让他死。"中国的医疗卫生系统本来就是半免费的，在这场与新冠肺炎疫情的搏斗中，患者享受了全免费的诊疗。

▲阿德汉在武汉接受核酸检测,图片摄于2020年5月17日。(图片来源:作者)

而在美国,新冠肺炎患者自己要承担全部治疗费用,美国又是世界上医疗费用最高的国家之一。两国对待新冠肺炎患者的巨大反差可见一斑。

特朗普质疑中国的主要目的是误导美国人民,而不是针对其他人。世人皆知,中国已经成功控制了新冠疫情,减少了确诊病例和死亡人数,于是美国总统直接暗示中国的数字是不正确的,因此不要与中国进行比较。特朗普在总统大选来临之际,不希望他的灾难性失败为人诟病,因此通过宣传"中国在掩盖疫情"这一说法,企图在民众中树立一种意识,让美国人对中国的成功表示怀疑,以此为自己的失败辩护。如今,无论美国的死亡人数有多高,特朗普都会说我们做得很好。实际上,美国的新冠肺炎疫情已经变得愈发糟糕。

我们经常被问到关于武汉外国留学生的健康状况问题。我们留学生中没有一例死亡病例，确诊病例数量也非常有限，这是非常了不起的。这件事成为我在多次采访中使用的证据，证明中国没有隐瞒死亡人数，而是采取了有效的措施保护人民。如果我们以这些留学生，或者是扩大到在武汉的所有外国居民为样本，则该样本至少包括25,000名不同国籍的人。这些人遍布武汉市，多数在封城之前就生活在武汉。由于病毒无法区分外国人和中国人，因此假设它会以相同的概率感染这两个群体，那么按上文所提的死亡率计算，这两部分人都会出现大量的确诊和死亡病例。即使中国政府能掩盖中国人的死亡，他们又如何能掩盖这么多外国人的死亡呢？

先不说中国，让我们比较一下黎巴嫩和纽约发生的情况。新冠病毒在美国纽约市出现之前，就已在黎巴嫩这样一个基本没有资源的国家出现。尽管如此，黎巴嫩和纽约之间的感染人数仍无法相提并论。到目前为止，黎巴嫩的确诊人数还没有超过800，死亡人数仍不到50。而在纽约，确诊病例达数十万，死亡人数达数万。黎巴嫩比纽约掌握有关病毒的更多信息吗？当然不是。不同之处在于，黎巴嫩自从发现第一例病例以来就采取了措施，借鉴了中国在这一领域的经验，很早开始执行隔离政策。而纽约并没有采取相应手段。除黎巴嫩外，世界许多国家都可以就此与美国类比。

例如日本、韩国和其他几十个在美国之前出现新冠病毒感染病例的国家，都已经设法控制了疫情，死亡率和感染率远低于美国。

是的，中国出现了奇迹。之所以能实现这一奇迹，是因为自从新冠肺炎疫情暴发以来，中国科学家积极确认其传播途径，行政系统采取果断措施，人民齐心协力控制疫情。如今，疫情几乎已得到完全控制，但这些防控措施一直持续。

中国实行中国特色社会主义制度，其本质是以全社会最大利益为最高准则。在许多其他国家，尤其是美国，则讲求"自己管好自己的事"。两者，也就是社会主义制度与自由主义制度，究竟有何区别？为了更清楚地回答这个问题，让我们回顾一下前苏联和西方国家医院的病床数量对比。在1985年的苏联，每千人有13张病床。直到今天，俄罗斯的每千人病床数仍未改变。尽管政权更迭，俄罗斯仍保持相对较高的数字。也就是说，社会主义遗产仍然存在。在美国，1985年每千人床位数为5.5张，而今天只有不超过2.5张。这个例子向我们展示了不同的政治体制如何考虑社会治理的优先次序。

世卫组织高级顾问布鲁斯·埃瓦尔（Bruce Elwar）在结束对中国的评估之旅后说："中国知道如何拯救生命。"当我们评估中国的情况时，我们是否倾听了世界的声音？还是只听到了那个说"可以给人注射消毒剂"的人的声音？

第六章 中国为什么能赢

抗疫成功如果有秘诀的话，一方面就是人民对实现胜利目标的坚持和毅力，另一方面就是中国共产党在抗击疫情中的缜密计划和坚强领导。因此，中国激发出所有潜力，经过激烈的战斗，终于实现了自己的目标。这是新中国诞生后遇到的无数阵痛之一。疫情后的中国将更加团结、更加坚韧、在国际上更具战斗力。

第六章　中国为什么能赢

为什么中国的死亡人数相对较少？

中国如何控制住了疫情？其他国家是否可以效仿？
世卫组织高级顾问布鲁斯·埃瓦尔在2月下旬访问中国，当时

▼方舱医院集中治愈了大量新冠肺炎早期患者，有力遏制了疫情蔓延。图为2020年2月17日拍摄的武汉体育中心方舱医院。（图片来源：新华社）

新冠肺炎疫情尚未演变成全球性大流行病。他在初步评估了中国的局势后，在一次新闻发布会上说："如果我是新冠肺炎患者，我希望在中国接受治疗。在这里，一家医院的呼吸机数量，相当于欧洲一个国家的呼吸机数量。中国采取了细致的防控措施，尽管疫情传播迅速，但中国已经追踪到了所有的感染病例。"

我之前说过，我的一个朋友在武汉封城前一晚离开了武汉。中国人在竭尽所能控制疫情，同时特朗普却告诉他的人民，这只是一种流行性感冒，不会传到美国。

我的朋友艾曼（Ayman）医生正在意大利北部医院的前线抗疫。他对法国24频道说，意大利新冠肺炎死亡率持续居高不下的原因之一是，到目前为止尚没有实行居家隔离，而医院接纳不了众多的确诊患者。在中国，医院接纳了100%的新冠肺炎确诊患者，最长住院治疗时间为60天。中国还将许多公共设施改造成医院，超过42000名其他省份医务人员抵达武汉，帮助治疗患者。

新冠肺炎疫情在西方国家暴发时，关于病毒已经有了充足的信息。西方国家，特别是英国，本可以控制疫情，减少感染病例和死亡病例。医学杂志《柳叶刀》的编辑理查德·霍顿（Richard Horton）表示，早在1月底我们就知道疫情即将来袭，中国传递出来的信息非常清晰，可是英国却浪费了整个2月份的时间，这段时间本可以加大检测力度，隔离患者，追踪每一个（密切）接触者，阻断传播链，准备个人防护装备，可是都没有做，这本可以避免。

这是霍顿3月下旬在接受英国广播公司采访时说的最重要的事情。他将有关见解发表在2020年3月28日的《柳叶刀》杂志上，主要内容如下：

· 从现在的意义上来说，英国现在正在发生一场国家丑闻。情况何以至此？

· 当疫情首次在中国出现时，政府就应该开始行动，阻止这种疾病的传播。我们错过了很多限制病毒传播的机会。

· 我们不应该处于这种情况。我们11周前就已经知道了新冠肺炎将要到来。

· 我们在1月份的最后一周从中国收到的信息非常清楚，新冠病毒具有强大的传染性，并且正在快速传播到许多城市。

· 我们提前（尤其是11周前）知道了这一点，但是我们浪费整个2月份，而没有采取措施加快检测进度，配备和分发个人防护设备。

· 为医护人员鼓掌是虚伪的。在英国国民医疗服务体系（NHS）中，政府并未为他们提供全面的防护支持。他们戴着普通口罩，穿着薄塑料围裙，所有这些都不在世界卫生组织的标准之内。

· 我们本来可以避免发生这一切。很抱歉这么说，但是我们确实可以避免它。

至于某些国家的政客，他们声称自己不知道发生了什么，说这

▲虽然特朗普政府极力对外释放所谓的疫情"积极信号",但依然有大量的美国患者因得不到救治死亡。图为2020年4月24日,美国纽约布鲁克林区工人正在搬运棺材。(图片来源:新华社)

些信息没有传达给他们,因为他们将人民的健康放在最后一位。因此,今天他们正在寻找借口,例如"中国隐藏了有关的信息",来掩盖其未能保护本国人民的行为。他们通过撒谎来统治世界,但现在的问题是他们无法对病毒撒谎。尽管特朗普说了数百次"我们做得很好",但是病毒不认谎言,就像水无法对潜水员说谎一样。

零：
2020年3月18日数据

我们一直认为零新增是一个无法实现的目标。今天的"零"是胜利的标志。自新冠病毒开始传播以来，武汉首次新增确诊病例为零。这件几乎不可能的事情成真了。封城第五天的时候，我就已说过，在这个国家没有不可能。

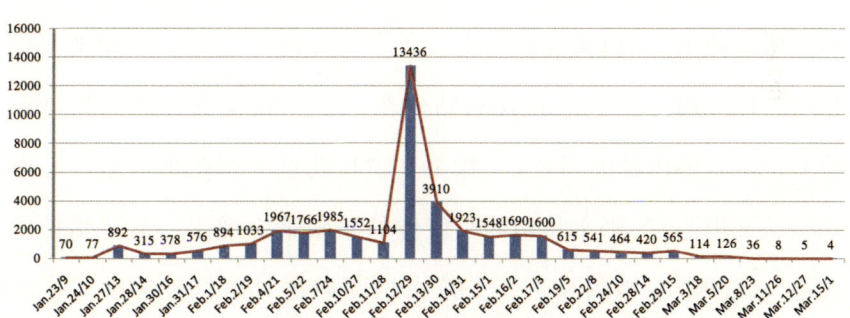

图12 武汉每日新增病例数

母亲

3月21日，武汉连续第三天新增确诊病例为零。今天是黎巴嫩的立春日，也是黎巴嫩母亲节。

我制作了一段视频，想要以自己的方式为我的妈妈祝贺节日。我从我们家拍摄的节目中剪辑了一段内容。节目里，主持人问我母亲，听说自己儿子所在的城市暴发疫情后，感觉如何？母亲回答说："我很震惊，但他向我们保证说他的情况很好，他说他不会离开那座城市。"镜头旋转角度，父亲坐在母亲旁边，婶婶坐在他旁边。另一边，主持人和我姑姑坐在一起。摄像头转回到我母亲脸上，然后传出她的声音："赞美真主！我每天都跟他联系，心里既感动又担心。"泪水从她两只疲倦的小眼睛中涌出，父亲拍拍她脊背，试图减轻她的痛苦。主持人试图通过对话打破这种悲伤的气氛："您别哭，您知道他很好，我是说，您应该放心才对！"母亲抑制自己的眼泪说："我要怎么说这些？"然后她再次哭泣着说："阿德汉是个好孩子，他是一个大写的'人'，一个真正意义的'人'。在黎巴嫩，当这里发生任何问题时你总可以看到他出现在第一线。在起义游行、垃圾清运危机、电力短缺危机和环境污染危机中，他始终走在前列。他喜欢做这些事，他是一名战士。他现在在武汉做着同样的事情。阿德汉在武汉战斗着！"

照例，我在视频附上自己的评论："如果这是母亲对我的看法，那我就没必要再在乎别人的意见，因为我已经非常满意了。"我知道她对我的看法，但这是她第一次公开谈论我。我补充说，"之前，在一位同志的葬礼上，他的母亲向他敬了个军礼，我看到时内心感到嫉妒。今天，我可以嫉妒我自己了，因为我收到了母亲最好的礼物。"

我习惯于以公开的方式表达自己的感情，我和妈妈之间也经常通信，妈妈对于生物学、牺牲、爱与奋斗等概念有着广泛的见解和想法。马克西姆·高尔基（Maxim Gorky）曾将母亲比作革命，因为她为我们创造了一个新世界。高尔基将自己伟大的小说命名为《母亲》，从而使她永生。从这个意义上讲，母亲也像人民，拥有所有力量、能量和创造力。

在战争中，我们将祖国比作母亲，苏联人也有祖国母亲雕像，这体现了人民对祖国的热爱。人民为祖国的正义、平等和尊严而奋斗，为将祖国建设得更好而奋斗。在黎巴嫩的中国学生阿米尔就将中国比作母亲。他曾说："对我们来说，中国就是我们的母亲！"他也是在重申前辈们的话语。中国人民同世界其他民族一样，在多年来的艰苦斗争中，为维护民族尊严作出了伟大的牺牲。

坚定——一个外国人的武汉日记

秘诀是什么？

在武汉实现零感染之后，有人问我：中国成功的秘诀是什么？

我回答，秘诀是人民战争。简而言之，就是人民团结一致产生

▼ 中国人民上下齐心，团结一致，最终实现武汉零感染的奇迹。图为 2020 年 3 月 29 日广东援鄂抗疫中医医疗队在雷神山医院合影。(图片来源：新华社)

第六章　中国为什么能赢

▲2020年4月6日，来自北京医院、北京大学第一医院、北京大学人民医院、北京大学第三医院等单位的557名国家援鄂医疗队队员圆满完成任务后平安返回北京，抵达北京首都国际机场。(图片来源：新华社)

的强大力量。人民"用他们的手和脑"创造着历史，在团结的人民面前没有做不到的事情。人民也是中国共产党能够创造奇迹的强大力量。

单凭庞大的人口不足以使不可能变为可能。有时甚至恰恰相反，这可能会是一个弱点而非优势。但是，如果你知道如何激发这十四亿人民的能量，那就没人会打败你。当数以百万计的中国人前仆后继地前进，改变了中国的面貌，他们实际上正在创造自己的新历史，没有任何力量可以阻止他们。革命就像母亲，引导人民走向救赎的道路，从而朝着胜利的方向前进。人民拥有梦想，梦想需要通过努力和奋斗实现，而这只能经由革命产生。中国的近代史就是人民、革命和祖国的结晶。面对历史带来的重重挑战，人民团结起来，创造出一个新的、更强大、更公平的中国。不管是今天还是之前的建设时期，中国人民都在与世界上所有自由的人一起奋斗，与五湖四海数以万计的战士们一起建设国家。

当经济学家谈论中国经济时，都会说中国创造了经济奇迹。中国曾受困于内战和殖民主义的贪婪，饱受贫穷和饥饿。但所有这些压迫反而产生了巨大的经济力量，使中国人民团结起来走上复兴之路，在不到70年的时间里成为世界第二大经济体，人民生活水平大大提高。你是否也有很多问号，中国是如何做到的？我们都想找到中国成功的秘诀。大家都知道，中国和许多国家不同，从未打算占领或殖民其他国家，中国人民坚持依靠自己的资源和人民的力量完成复兴。中国本身就曾经被占领和殖民过，即使在今天，中国的领土完整还在受到威胁，例如台湾。在众多"南方国家"摆脱殖民主义的时候，中国也获得了独立和解放，这是千百万人奋斗和牺牲的成果。从这个意义上讲，中国依靠主观因素建立自己的经济实力，充分挖掘自身潜力，这就是人民的力量。可为什么其他国家无法取得这些成就呢？例如印度，独立时间、人口规模和地理位置都与中国相似，为什么却无法取得中国这样的伟大成就？

这并不是多么高深的秘密，而是一个基本的道理：只有独立本身是不够的。如果只有政治上的独立，没有经济上的独立，那就不是完全的独立，因为二者密不可分。国家需要一位能够在独立自主和自力更生之间实现整合的领导人，充分调动人民的力量来实现发展目标。这正是中国走过的路。抛开意识形态和政治评价分歧，中国发生的是一场真正的革命。

自1949年以来，中国共产党一直领导着中国人民投身于的这场伟大的革命。这场革命的目标从"让每个中国人实现小康"，到"实现中华民族伟大复兴的中国梦"。在过去的几年中，中国的口号已经变成"实现中国人民对美好生活的向往"以及"携手构建人类命运共同体"。中国早早为接下来的一百年设定了稳定的目标和灵活的计划，中国人将其称为"两个一百年奋斗目标"，即在2020年，中国共产党成立一百年时，全面建成小康社会，实现第一个百年奋斗目标。到本世纪中叶，也就是新中国成立一百年时，在基本实现现代化的基础上，建成富强民主文明和谐美丽的社会主义现代化强国。

直到今天，尽管中国领导人几经换届，但这些目标从未改变。中国根据每个阶段所处的条件进行评估，制定符合现实的政策和计划。1978年，中国开始实施改革开放，经济取得质的飞跃。从这个意义上讲，很明显，中国不是由某个个人统治的，而是由一个革命的执政党领导的。直到今大，党和人民仍然在为实现上述革命目标不断前进。因此，在过去的几年中，中国得以保持快速发展，直到达到自己的目标。

提问者可能会问，中国的发展是一帆风顺的吗？当然不是，正如马赫迪·阿梅尔（Mahdi Amel）所说，"革命就像在泥土中耕种，害怕手脏就不会有收获。"从这个意义上说，革命者的手总会沾上泥土，革命总会遇到坎坷。因此，在这条漫长的道路上，无论是在理论上还是实践上，中国都经历了许多次失败。中国共产党本身也承认这些失败，甚至敢于批评自己在各个历史阶段中的错误。

例如，改革开放政策本身就是一个非常棘手的问题，这是对之前长期执行政策的大胆改变。当时，世界上许多其他国家的共产党都认为中国共产党偏离了共产主义道路，转而实行实用主义政策。在国内，中国领导人也很清楚改革带来的挑战。这些挑战威胁到中国迄今取得的成就，因此如何面对这些挑战就成为中国的当务之急。改革开放政策取得了很多成就，也伴随着诸多负面影响，包括腐败、收入不平等、城乡差距、东西部差距以及环境问题等。拿腐败为例，当腐败愈演愈烈达到一定程度，就会对国家安全形成灾难性威胁。中国在这一领域采取了严格的政策，称为"打虎、拍蝇、猎狐"。"老虎"是指高级腐败人员，苍蝇是指低级腐败人员，狐狸则是指那些设法逃离到国外的腐败分子。

那么，武汉抗疫斗争是否也属于中国人民斗争历史的一部分呢？当然。中国在争取国家统一和民族独立的斗争中，在争取经济发展和社会进步的斗争中，以及今天在维护人民健康的斗争中都在坚持同一条路，中国的成功当然就不足为奇了。抗疫成功如果有秘诀的话，一方面就是人民对实现胜利目标的坚持和毅力，另一方面就是中国共产党在抗击疫情中的缜密计划和坚强领导。因此，中国激发出所有潜力，经过激烈的战斗，终于实现了自己的目标。这是新中国诞生后遇到的无数阵痛之一。疫情后的中国将更加团结、更加坚韧、在国际上更具战斗力。也就是说，在面对美国的攻击时将会更加坚强。

世人若能从这个角度看中国发生了什么，就能够摆脱西方先入为主的意识形态观念。这种意识形态通过电视、教育课程以及好莱坞电影宣传形成，再由其他各种帝国主义意识形态构建，以反对人民的解放。这种意识形态上的错误会使我们失去对是非的判断，例如把美国政客的对手或敌人变成为我们的对手或敌人。不能因为他们是美国的敌人，就不去清楚了解他们的价值观。

曾有美国媒体人士问纳尔逊·曼德拉（Nelson Mandela），为什么与菲德尔·卡斯特罗（Fidel Castro）和亚西尔·阿拉法特（Yasser Arafat）等某些"不遵守西方的标准"的国家领导人保持联系。这位记者说，他对曼德拉从种族隔离营释放后的表现表示失望。曼德拉回答他，"政治分析家常犯的一个错误是，认为自己的敌人一定是所有人的敌人。我们进行自己的斗争，我们感谢世界上对我们斗争的所有支持,但是我们是一个独立的组织,拥有自己的政策,我们对任何国家的态度都取决于该国对我们斗争的态度。亚西尔·阿拉法特、菲德尔·卡斯特罗以及穆阿迈尔·卡扎菲(Muammar Gaddafi)最大程度地支持我们的斗争,因此我们绝对没有理由不去赞赏他们。我们的立场仅基于他们充分支持我们反对种族隔离斗争这一事实。他们不仅发表讲话支持我们,更是将所有的资源用于支持我们,为我们的利益着想,帮助我们赢得斗争。这就是我的立场。"

事实当然就是如此。朋友就是当我需要时站在我身边的人,而敌人则是永远不会错过机会攻击我的人。中国对阿拉伯人发动过几场战争?零。而我们可以计算一下,美国和西方对我们一共发动了多少次战争和阴谋?

在一次采访中,主持人问我一个网友提出的问题:中国能够控制新冠肺炎疫情凭借的是其专制的政权,中国收集了所有公民庞大而详细的数据,包括公民个人信息。是这样吗?

这个问题问得很好,可以让我们就此讨论一些重要的问题,尽管问题的答案显而易见。鉴于新冠肺炎疫情带来的全球危机,我们不妨回顾一下这些显而易见的事实。

我回答说,世界上每个国家都有自己的制度,有君主制国家,也有政党领导的国家。但是,不管我们根据政治和意识形态背景对这些制度的定义如何,现在重要的是结果。当前,虽然中国整个经济都停止了，政府仍然尽其所能来保护人民。与此同时，那些所谓的"民主政府"却无能为力，无法向人民提供口罩等防疫物资。按西方意义来说，美国制度是否民主？那里是西方推崇的两党制而不是一党制，但政府的决定却受到政治资本的控制，这民主吗？让我们重新审视一下那个所谓的民主国家，其领导人却是一个反科学的人，一个种族主义者！他以牺牲人民的利益为代价捍卫自己的利益，他要求人们注射消毒剂！

鉴于种族主义和阶级歧视，民主制度是否仍然有效？几十年过去了，人类如何摆脱这些毒素？民主和种族主义为何生活在同一个屋檐下？想象一下，在民主制度下，黑人和白人却可以被区分隔离开，这算什么民主？种族隔离制度才是最丑陋的专制。

所谓的"独裁统治"却控制住了人类历史上最危险的流行病，而"民主制度"、君主制度或其他的制度却在疫情面前失败了，我们是否应该重新考虑一下立场？无论如何，都不能说中国的政权是专制政权。中国的政治制度叫作"中国特色社会主义"，不是所谓的"独裁统治"。事实上，"民主"的定义本身就是一种意识形态定义。例如，多数人的选票到底是为了什么？是为了人民的利益么？还是为了在当今所谓的"自由世界"中最富有的1%极少数人的利益？又是谁把他们称为"自由世界"的？这难道不也是一个意识形态标签吗？

希腊激进左翼联盟在选举胜利后成立新政府，号召进行民主革命。财政部长亚尼斯·瓦鲁法基斯（Yanis Varoufakis）说，欧洲谈判代表在与希腊进行财政谈判时表示，不允许希腊的民主进程干扰经济领域！这仅意味着，西方的民主制度只局限在政治层面上，在经济领域却实行最恶劣的独裁。

由于经济领域控制着政治决策，因此西方虚假的"政治民主"背后才是真正的独裁统治，其目的是掠夺人民并使人民相信自己是自由的。瓦鲁法基斯在题为"资本主义将吞噬民主"的研讨会上，基于亲身经验谈到资本主义及其民主观。他的结论是，资本主义从来就没有真正的民主制，将民主制视为资本主义的产物是错误的。他还解释了政治领域与经济的分离，以及政治领域中对"民主"的限制如何导致政治家对经济领域的统治。因此，看到无权的政府和部长并不奇怪，实际权力掌握在债权人和富人手中。

我们是否可以回答，所谓"多数人统治"的民主到底代表谁的利益？当然，代表的是社会1%那群人的利益。所以，上文中所谓民主与专制的叙事本质上是一种意识形态叙事。在所谓"自由世界"中，各种谎言折磨着人民，人民饱受种族歧视、奴隶制和阶级剥削却不自知。

美国反种族歧视领导人之一詹姆斯·鲍德温（James Baldwin）曾于1965年说，所谓"美国梦"的谎言是以牺牲黑人为代价的。"我采摘棉花，修建铁路，将棉花运到市场上，最后却一无所获。"

近年来，我曾就此问题回答过数千次。对我来说，向人们提供他们不知道的有关中国的信息很有趣。我的学习和生活经历使我了解中国的政治、经济及历史，因此我接着回答道："1990年，67%的中国人民生活在贫困线以下，人口约为7.55亿，约占地球人口的15%。在中国党和政府的领导下，中国人民充分信任政府，坚持不懈努力奋斗，终于在2015年使7.23亿人摆脱了贫困。如今，在贫困线以下的中国人只有2.5%。如果这就是独裁统治，那么我们需要的就是一个能够做到这一点的专政政府。"

有人声称"民主西方"没有采取中国的防控措施，因为认为那些大数据监控手段违反民主。说这种话的人应该立刻闭嘴。我们应该谈谈西方国家近年来诸多监控丑闻。那些所谓的民主国家通过窃听手机、监视电子邮件内容以及利用脸书收集数据等多种手段监视本国公民，并将这些数据出售给用于商业目的的公司。我们为何不在"维基揭秘"（WikiLeaks）网站好好了解一下西方民主的真相?！为了节省时间，最好直接看看网站创始人朱利安·阿桑奇（Julian Assange）的命运。他在遭受死亡威胁的情况下，被英国政府拘留，然后在美国受到不公正的审判。这一切仅仅是因为他公布了一些"民主西方"政府私下的所作所为。这些政府违背了自己制定的法律，表面一套背后一套，逆人民意志而行。

我不愿在制度的有效性以及统治者表现优劣的问题上过多讨论，在这里我们所关心的是，西方没有做到中国所做的事情，因为他们根本没有能力和意图这样做。中国开发出强大的技术，在重大危机时期拿来为人民服务。西方政府没有这样做，因为为人民服务不是他们的优先事项。

在战争中，各国为实现目标不择手段，包括实行紧急状态。如果具有"民主制度"的西方国家陷入战争，他们会毫不犹豫地无所不用其极。他们建立起精英统治制度，以牺牲人民利益为代价增加自己的财富和权力。

以人为本

新冠肺炎疫情过后,世界将会是什么样?毫无疑问,这是许多人提出的问题。我们必须回顾一下许多显而易见的概念,特别是有关消费社会的话题。几十年前,我们进入了市场经济时代,于是慢慢失去了生命的意义。当我们成为消费机器时,什么是有益的,什么是有害的,所有这些都在大型广告公司的指导下进行。我们像牵线木偶一样被迫了解着哪些才是生活的优先事项。现在,我们是时候重新考虑所有这些问题了。我在家隔离已经超过4个月了,没有购买除食品和饮料等必需品以外的任何产品,这会影响我的幸福吗?并不会。我不是说有必要返回到过去的时代,放弃发展进步的成果,相反只是邀请大家共同思考,摆脱资本主义剥削的消费文化。这是我们通过隔离学到的最重要的一课。

世界不会像以前那样,这不是结论,而是邀请,一个改变世界的邀请。世界应转变成一种以人为本的制度,而不是金钱至上的制度,从而帮助人类克服命运的危机,而不是受其蹂躏。我们要打开视野,提高人类创造新财富的能力,不允许极少数人掠夺攫取大多数人创造的剩余价值。各国之间必须使用团结的语言,催生新制度,埋葬旧制度,建立一个以人为本的世界,齐心协力为人民服务。

关于就疫情应对经验的评估,我们看到了全球范围内两种模式之间的差异。让我们再来看看这个被问过数百遍的问题:中国迟报疫情了吗?中国是否本应采取更有效的措施却没有采取?1月20日,钟南山从武汉飞回北京后参加了中国国家卫生健康委员会的紧急会议,紧接着,在北京的中国国家领导人作出完全封闭包括武汉市在内的湖北省的决定。根据世卫组织的描述,当中国做出这个"经典的、前所未有的"决定,即隔离5100万人时,全世界都感到惊讶和反对!但中国政府并没有选择犹豫,因为他们相信这样能保护人民。

中国领导人必须作出选择,要么是封锁武汉,并承受由此带来的巨大经济影响,要么是根据国际认可的惯例行事,即不采用以前从未在任何地方执行过的大规模隔离措施。若是采用第二种选择,人民将成为最大受害者。

我们谈论的是隔离大约5100万人。历史经验表明,世界上没有哪个国家采用过这种方式。最近的情况是,美国2009年暴发甲型H1N1流感疫情,当时甚至没有人提出这样的建议。他们把世界留给了命运,甚至飞往美国的航班都没有停止过。

1月21日上午,一份报告摆在中国共产党领导人的桌面上,他们不得不在二者之间进行选择：经济还是人。这将是一个具有重大影响的历史性选择，其中最重要的一点是，中国经济或将面临史无前例的低迷，甚至是对手所希望的彻底崩溃。但中国共产党和中国政府仍然坚决地做出决定：完全关闭武汉市和湖北省。

《自然》杂志将这一措施描述为"在控制病毒传播方面史无前例"。在这个问题上至今仍存在分歧：许多西方国家及其媒体将这一措施视为"损害人权"，但即使在这些国家中，科学界在很大程度上也支持封城措施。田纳西州范德比尔特大学传染病学系医学教授威廉·沙夫纳博士说："这是人类历史上最大的公共卫生实验，为世界其他地方赢得了时间。"

今天，在武汉出现零新增病例的情况下，我们可以作出评估：这一历史性决定，已使中国有效地避免了数十万人牺牲和数百万人感染新冠肺炎。因此，从保护人民生命健康安全的角度来看，这是一个很好的选择，尽管伴随着巨大经济成本。

武汉封城不仅仅是一个勇敢和人道的决定。武汉在中国的经济重要性排名中位列第九（2018年国内生产总值2193.7亿美元），市内有中国最重要的钢铁生产厂和汽车制造厂，全球500强公司中300多家在武汉有分支机构。更重要的是武汉的地理位置，它在陆路运输和长江水运方面是中国的主要交通枢纽，尤其是高铁网络在武汉交汇。正如我在本书开头所提到的，如果武汉在春节假期铁路交通的高峰期封城，将给全国交通业造成巨大损失。完全关闭武汉的决定也包括停止在武汉的各种生产，这意味着武汉的工业产量将下降100%，无异于一场经济灾难。

中国领导人当然了解这些后果，我认为他们估计得甚至比这更糟糕，不仅是武汉会因此停滞，而且整个中国经济也将直接瘫痪。但是中国还是作出了决定性的选择：首要任务是保护人民。

中国驻黎巴嫩大使王克俭曾被问到隔离期间中国付出的代价，他的回答是："我们付出的最昂贵代价是就是那些感染病毒而失去生命的人。这是我们最大的损失，其他一切都可以得到补偿。"人是最重要的、最有价值的资本，是价值的创造者。没有他们，就没有任何价值。至于经济，则是用来服务人民的，而非相反。

第六章　中国为什么能赢

经济至上

　　而西方呢？允许我问同样的问题吗？正如我之前解释的那样，西方在采取必要措施封锁疫区和防控疫情方面屡屡拖延。

　　而现在，比拖延封城更危险的是，西方正在疫情肆虐时提前解封。开始拖延封城措施会导致所在国家出现健康灾难，而如果在控制住疫情之前就停止这些措施，将使所在国家成为病毒扩散的新焦点，然后向世界传播。当前世界上有数百万的病例，那么为什么不继续实行至关重要的社会隔离措施，而是在零感染到来之前重新开放城市呢？

　　这难道不是金钱控制权力的体现么？

　　让我们比较两种行为：众所周知，尽管今天武汉记录新增新冠肺炎病例已经为零，但与中国其他地区一样，这座城市在出现连续数天零新增之前，不会急于重新开放并恢复正常活动。

　　研究表明，这种措施很正确。3月25日《柳叶刀》杂志发表了一篇文章，内容涉及解封对疫情防控的影响。文章认为，武汉将4月8日定为重新开放所有公共设施的日期，对于保持已取得的防控成就来说是一个非常准确的日期，足以防止病毒的新一轮传播。

再举一个例子。美国直到2020年3月中旬，即自美国首次报道新冠肺炎病例以来一个半月，才开始采取社会隔离措施。当时病毒已经广泛传播，特别是在纽约市。但是该措施并未扩展到所有州，在医疗方面也存在许多问题，其中最重要的是医疗机构缺乏所需设备。各州对治疗设备的供应已开始相互猜测而不是合作，而这正是纽约市市长公开抱怨的事情。所有这些的结果是，人们将面对更大挑战。而当美国开始品尝自己不负责任行为的后果时，又开始甩锅其他国家。

最危险的是，美国坚持轻描淡写地对待数百万人的生命。在一次新闻发布会上，美国总统特朗普被问到为什么将在复活节后解封，他的回答是："因为这是一个美好的节日，不是吗？"

这种说法激怒了美国科学家，甚至在白宫卫生专家小组内部，福奇博士也就此评论说："我们无法确定疫情发展的日期，事实上，是病毒为我们设定了日期。"福奇拒绝支持在复活节重新开放的想法，尽管特朗普对此做出了回应，但他坚持说美国人应该重新开始工作。这是针对美国右翼势力的民粹主义声明，此前美国右翼组织已经开始武装示威，要求美国重新开放。

一位脸书上的朋友在我主页上评论说："我只想提醒你一下，你对中国的捍卫已经变得令人难以置信。"我料到很多人都认为我的所作所为就是为中国讲话，甚至盲目地偏向中国。从我开始在网上讲述武汉封城故事的第一天起，我就讲得很清楚，我在这个地方是为了传达真相，回击所有谣言、错误消息以及媒体和政客的污蔑。所以我回答那个朋友说，"从封城第一天的第一个小时起，我就一直在捍卫真相，驳斥谎言、诽谤和错误信息。我并不是在辩护一个国家，而是在维护所有人民。那些谎言的受害者难道不包括超过50万人感染病毒的美国人吗？我就是要捍卫所有人民，越是受到排斥，我就越感到荣幸。"

当我开始写这本书时，我曾经问自己，人们会不会认为我倾向于一个国家而对另一个国家存有偏见？可能吧。但是我有自己的答案。造成世界分裂的始终是阶级，而不是种族或民族。无论对于哪个国家，面对人民和剥削者，我都会倾向于人民。这次防控新冠肺炎疫情的经验告诉我们，人们应该团结起来和疫情作斗争，因为除了团结以外没有任何救赎的方法，武汉的传奇就是真实的证明。在武汉，这里有一个符合人民利益的制度，但这个制度却不符合某些奉行金钱至上政权的利益。这座城市之所以能够战胜疫情，得益于中国这个伟大的民族和她的人民。这不是我的一厢情愿，而是科学证实的事实，我疫情期间每天都住在武汉。从这个意义上说，我写作依靠的不是臆想，而是通过斗争和牺牲而取得的真实成果。与此同时，许多其他民族遭受着不公正制度的折磨，那里的政府并没有重视人民的生活，这些都是众所周知的事实。我始终倾向于人民，但很多问题的解决还是要依靠政府。有的政府坚持人民利益至上，将人民放在第一位，有的政府则坚持金钱至上。而我绝对倾向于坚持人民利益至上的一方。人们有权知道真相，因为没有真相，政权就能奴役人民。在此次疫情中，错误的信息和谎言导致了数十万人丧生。

今天，作为人类的一员，我看到美国这样的国家坚持金钱至上，在疫情仍在肆虐时却着手恢复经济活动，感到十分担忧。提早解除隔离可能会导致第二波更致命的疫情。同时，疫苗的研制也受到一些药企游说集团的阻碍，那些集团几十年来控制着医疗领域，企图从疫情的持续蔓延中获利。尽管如此，有些国家的领导人还是表示，他们的经济利益更为重要，即使会导致人民的死亡，也要匆忙地复工。剥削阶级在历史上一贯如此，这是一种剥削至死的新范例。

不能让一群惨无人道的人掌握人类的命运。

第六章 中国为什么能赢

我们可以大声说，我们坚持下来了！

我还在等待着能够重新走上武汉街头的日子。由于要遵守居家隔离措施不能出门，所以我每天都在阳台上远眺空荡荡的街道和封闭的商店，眼瞅着高大的树木长出了新叶子，然后开始变绿。瞧！环卫工人每天两次清洁道路，他们是秩序和责任的象征。他们开始工作的时候，早晨的太阳刚刚露脸，也正是我结束了一天的隔离战斗，要去睡觉的时候。我多么渴望出门啊！能出门就意味着战斗的胜利。这简单吗？

一点都不。这是值得历史铭记的坚韧与奋斗的史诗，这将是新生活的开始。

对我来说，奋斗后的胜利是生命的唯一真实含义。我从小就选择了这条路，并热衷于此。当我结束了一场斗争，我就会马上投入另一场战斗。我的生活基于对人民的热爱，尤其是对那些被压迫的人民。我总是问自己，这场浪漫主义式的斗争会使我远离现实吗？是，又如何呢？我很高兴，即使我不会获得任何个人补偿，我也已经得偿所愿。这段经历让我获得了新的生活体验，更加相信生命无价的真理。只有通过斗争、战斗、牺牲，才能获得幸福，才能知道幸福的真正含义。有一首诗我读了数千遍，此时此刻更是无法忘记。诗的作者是纳泽姆·希克马特（Nazem Hikmat），他的诗影响了我的思想，为我带来灵魂上的幸福。他曾对他的妻子讲，生命的意义在于为了原则而奋不顾身地斗争。"我的妻子，我的精神支柱，赫迪彻·比兰达（Khadija Biryandeh），我想起了死亡，也想到了我们走过的人生。我沉浸在我的世界里，又悲伤又放松。只要我们彼此相爱，且深爱着人类最伟大的事业，那么我们在何时死亡、如何死亡、在何处死亡，都无所谓。只要我们为了理想而奋斗，我们就可以说，我们得以永生！"

3月30日早晨，是时候该出门了。我走出了住所大门，口罩后面的笑声难以形容，感觉自己像是在飞翔。我拿出手机开始直播，人们的笑声盖住了我的声音，我说："我终于可以再次走在武汉的大街上。"我不知道该如何形容此刻的感受，无论我如何表达，都感觉像是个孩子。此时此刻，我思绪万千，感叹不已，甚至有种悲喜交加的感觉。我说："我真的不是走在地上，我是在跑、在跳。经历了68天的封城和连续45天的居家隔离后，我的所有消极情绪全都消失，都变成了骄傲。"我喜悦的泪水夺眶而出。

希克马特的诗继续引领着我。1948年，他在土耳其监狱创作了诗歌《破碎的心》，表达了国际团结的重要性。"医生啊，如果我这里只剩一半的心，那另一半就在中国，随着解放军朝黄河前进。"我觉得我就是那支军队的一员，今天走出家门就是我行军的第一步。我要举着胜利的旗帜，将其插在长江两岸，宣布人类的新胜利。是的，是全人类！

我站在这里，万般思绪涌上心头。我与武汉这座城市的命运紧紧联系在一起。对我而言，武汉是人们为更好的生活而团结奋斗的体现，是一切意义上的真正抵抗，是人民无尽力量的彰显，是赋予我新生的母亲。我走在外面，看看这些地方，商店、广场、一草一木，看着南湖岸边玩耍的孩子们。我想要记住所有这些场景。

▲解除隔离后，孩子们走出家门，尽情嬉戏。图片摄于 2020 年 4 月 1 日。（图片来源：作者）

▲警察在位于武汉南湖幸福湾水上公园内的"共产党人"主题公园宣誓。图片摄于2020年4月1日。(图片来源:作者)

▲"共产党人"主题公园内的"中华旗帜"主题雕塑。图片摄于2020年4月1日。(图片来源:作者)

第六章　中国为什么能赢

我不知道我什么时候会离开武汉，但我永远不会忘记这些场面，不会忘记那些舍命奋斗、让笑容回到孩子们脸上的人。这些笑容值得所有的欢乐和美好。

今天，居家隔离已经结束了，武汉逐渐开始恢复正常生活。但我们的抗击疫情的斗争并没有彻底结束。这是一场全世界全人类的共同战斗，将一直持续到春天降临世界每一个角落的那一天，持续到我们彻底消灭疫情的那一天，持续到人类的所有敌人都缴械投降的那一天。

武汉的春天来了

我不知道1月22日晚过后我还要停留多长时间，我更没想到今天已经是我在武汉封城后连续居住的第67天。虽然我已经决定作出牺牲，我出门的时间却总在一直推迟。

▲武汉终于迎来了春暖花开。图片摄于2020年4月3日。（图片来源：作者）

一周前，我去小区门口，问是否允许我出门，答案是："还不可以。"今天，答案终于变成了可以。"春天来了"，志愿者笑着告诉我。我已经很久没有在他疲倦的脸上见到笑容了。好像那个志愿者坚持了67天，才有幸说出这句话。

今天，武汉的春天正式开始。我一生中最长的

▲武汉全面解封标志着中国抗疫取得了重大的阶段性胜利。图为2020年4月8日，解封的武汉动车段，列车停靠在存车线上准备投入运行。(图片来源：新华社)

夜晚终于结束。夜空点亮了数百万颗星。有些人迫不及待地想听到解封的消息，希望点燃的光亮，必将代代相传。有些人67天没有好好休息，终于把我们的黑暗变成了光明。这是医护工作者、后勤和科学领域的战斗人员的无私奉献。成千上万的人不畏牺牲，坚持不懈，与无形的敌人作斗争，书写了史无前例的史诗。

今天，我仍在担心那些还处于疫情魔爪下的人民。我希望看到所有国家战胜疫情的那一天，春天终会来临。

这是我永不破灭的希望。

本书的撰写于 2020 年 5 月 1 日完成,我希望永远不需再写关于武汉封城的下一章节。

2020 年 5 月 1 日,武汉。

坚定

一千外国人的武汉日记

陈树谦 题